AF202513

Tucholsky Wagner Zola Scott Sydow Freud Schlegel
Turgenev Wallace Fonatne

Twain Walther von der Vogelweide Fouqué Friedrich II. von Preußen
Weber Freiligrath Frey

Fechner Weiße Rose von Fallersleben Kant Ernst Richthofen Frommel
Fichte

Engels Fielding Hölderlin
Fehrs Faber Flaubert Eichendorff Tacitus Dumas

Eliasberg Ebner Eschenbach
Feuerbach Maximilian I. von Habsburg Fock Eliot Zweig
Ewald Vergil

Goethe Elisabeth von Österreich London
Mendelssohn Balzac Shakespeare
Lichtenberg Rathenau Dostojewski Ganghofer
Trackl Stevenson Doyle Gjellerup
Mommsen Tolstoi Hambruch
Thoma Lenz Hanrieder Droste-Hülshoff

Dach Verne von Arnim Hägele Hauff Humboldt
Reuter
Karrillon Garschin Rousseau Hagen Hauptmann Gautier

Damaschke Defoe Hebbel Baudelaire
Descartes
Hegel Kussmaul Herder
Wolfram von Eschenbach Dickens Schopenhauer
Bronner Darwin Melville Grimm Jerome Rilke George
Bebel
Campe Horváth Aristoteles Proust

Bismarck Vigny Barlach Voltaire Federer Herodot
Gengenbach Heine

Storm Casanova Tersteegen Grillparzer Georgy
Chamberlain Lessing Langbein Gilm
Brentano Lafontaine Gryphius
Strachwitz Claudius Schiller Kralik Iffland Sokrates
Katharina II. von Rußland Bellamy Schilling
Gerstäcker Raabe Gibbon Tschechow

Löns Hesse Hoffmann Gogol Wilde Vulpius
Luther Heym Hofmannsthal Morgenstern Gleim
Roth Klee Hölty Goedicke
Heyse Klopstock Kleist
Luxemburg Puschkin Homer
La Roche Horaz Mörike Musil
Machiavelli
Navarra Aurel Musset Kierkegaard Kraft Kraus
Nestroy Marie de France Lamprecht Kind Kirchhoff Hugo Moltke

Nietzsche Nansen Laotse Ipsen Liebknecht
Marx Lassalle Gorki Klett Ringelnatz
von Ossietzky May Leibniz
vom Stein Lawrence Irving
Petalozzi Platon Knigge
Sachs Poe Pückler Michelangelo Kock Kafka
Liebermann Korolenko
de Sade Praetorius Mistral Zetkin

Der Müller vom Höft

Alfred Meißner

Impressum

Autor: Alfred Meißner

Umschlagkonzept: toepferschumann, Berlin

Verlag: tredition GmbH, Hamburg
ISBN: 978-3-8424-9191-5
Printed in Germany

Text der Originalausgabe

Alfred Meißner

Der Müller vom Höft

Der Küster stand im Turme und zog mit aller Macht die Glocke, daß ihr schwerer Schall weit hinaus tönte in das Land, das in seinem ersten Frühlingskleide wellenförmig bis an das Meer hingebreitet dalag. Die Sonne war aufgegangen und beschien mit hellen Strahlen die Dächer der alten Stadt Nienburg, aus deren Tor sich eben ein schwarzer Zug hinausdehnte, so lang und breit, als wolle die Stadt auswandern bis auf den letzten Mann.

Ein Wagen, der einen Abhang rasch hinabgefahren, mußte plötzlich, knapp vor der Brücke bei den Weiden, still halten unter anderen Fuhrwerken und Menschen, die schon früher dagewesen und nun warten mußten; denn der Gerichtsdiener Süpple, den Dreimaster martialisch aufgepflanzt, ging, mit dem Stocke Ordnung haltend, umher und durfte niemand vorlassen, bis der Zug vorüber. Plötzlich waren die Bäume am Wege wie mit einem Zauberschlage mit Gassenbuben bevölkert, die wie Affen lärmten, und ein Geräusch von Stimmen erscholl, durchmischt von Pfeifen und Zischen. »Sie kommen – er kommt!« hieß es von allen Seiten. Vom Rathausturme begann das Sterbeglöcklein zu läuten. Der Mann, dem das »er kommt« galt, war kein anderer als der Henker, der zu Pferde saß und von einem Trupp Reiter begleitet war. Er trug eine rote Weste, eine Pelzmütze, einen Rock, mit Schnüren verbrämt, und schwarze Tuchhosen, die in hohen Stulpstiefeln staken. Im scharfen Trab kam er daher, von aller Blicken verfolgt, bis er in einer Staubwolke verschwand.

Der stattliche Müller Reinbacher beugte sich aus seiner Kalesche hervor und sagte zu seinem Knechte, der, um besser zu sehen, sich auf den Kutschbock gestellt hatte:»So komme mir noch einmal, Wendelin! Darum also hast du dich in der Zeit geirrt und bist nun wie toll den Berg hinuntergefahren, daß es uns das Leben hätte kosten können? Sieh, wie die Pferde schwitzen, Tollkopf!«

»Verzeiht, bester Herr«, antwortete Wendelin, »um alles in der Welt hätte ich das nicht versäumen mögen. Hab' ich es doch in meinem Leben nie gesehen!«

»Wär' wohl auch kein Schaden, wenn du's nie gesehen hättest«, erwiderte der Müller. »Ich meinerseits wäre am liebsten von der ganzen Geschichte weggeblieben.«

»Ich wolltet doch auch Euren Anwalt aufsuchen?« meinte der Knecht.

»Nun gut«, sagte der Müller, »jetzt sind wir einmal da. Sieh nur, daß wir dann auch durch das Gedränge kommen.«

Der Gerichtsdiener, der noch kurz zuvor ein paar Handwerksburschen mit furchtbar strenger Miene zurückgewiesen, trat an den reichen Müller ehrerbietig heran und rückte den Hut. »Auch hierhergekommen, das Schauspiel mit anzusehen, Herr Gevatter?«

»Der Wendelin hat's gewollt, da muß ich mich schon fügen«, erwiderte der Reinbacher gutmütig.

»Ja, ja, es ist ein recht ergreifendes Schauspiel«, sagte der Gerichtsdiener, »und man bekommt da einmal wieder eine rechte Idee von der Größe und Herrlichkeit menschlicher Gerechtigkeit. Jungen Gemütern ist das wohl zu gönnen. Ich sage, es schreckt die Bösen ab und befestigt die Guten. Oh, es ist ein großes Schauspiel! – Wendelin«, fuhr der Gerichtsdiener leiser fort, »noch ein Stückchen darf Er vorfahren – aber nicht zu weit; wird auch von hier alles recht gut ausnehmen können.«

Der Wagen fuhr im Schritt weiter.

»Es ist eigentlich gar kein übler Mensch, den sie da judizieren – ungefähr dreiundzwanzig Jahre alt – und couragiert ist er, als ging es zur Kirmes. Würde einen prächtigen Soldaten abgegeben haben! Gestern vormittag hat er ein paar Stunden mit dem Geistlichen zugebracht, ist dann im Gefängnis herumgegangen, hat mit Appetit gegessen, und der Kerkermeister hat ihn noch pfeifen hören. Sein größter Kummer war heute, daß er in seiner grauen Gefangenenjacke zum Galgen soll, wo er sich dabei so vielen Menschen zeigt.« So schwatzte der Gerichtsdiener, vertraulich an den Wagen gelehnt, mußte sich aber plötzlich entfernen, denn der Zug war da.

Der Henkerkarren fuhr nicht gerade so schnell, als daß man den Delinquenten nicht genau in Augenschein hätte nehmen können. Er war in der Tat ein hübscher junger Mann, bleich, mit vollem schwarzem Haar, kräftig und schlank gebaut. Seine Lippen kräuselte ein wohl nur künstlich aufrecht erhaltenes Lächeln – denn seine großen, schwarzen, funkelnden Augen waren mit verzehrender Unruhe auf einen dunkeln Punkt gerichtet, der auf einem der Gipfel des benachbarten Hügelzuges sichtbar war. Ein Geistlicher, der ihm zur Seite stand, sprach zu ihm, gewiß ohne daß er viel davon hörte.

Ein Piquet Dragoner mit blanken Kürassen, die Zöpfe frisch gewichst, umgab den Wagen. Sie hatten die Degen gezogen und saßen mannhaft auf ihren stattlichen Holsteinern. Unmittelbar hinter ihnen schloß sich die Menge kompakt zusammen, und die ganze Masse schob, drängte, wälzte sich vorwärts, um bei der Exekution mit anwesend zu sein. Wendelin blickte mit Wehmut auf die Vorrückenden und schien zu rufen:»Wär' ich mit dabei!«

Der Müller verstand seine Gebärde und sagte:»Seltsame Neugier, die ich nicht begreife! Indessen, Wendelin, wenn es dir eine so große Freude macht, einen Menschen hängen zu sehen, so steige aus. Ich komme auch allein zum Anwalt. Im ›Hirsch‹ finden wir uns.«

Der Bursche sah seinen Herrn groß und freudig an und händigte ihm rasch die Zügel ein. Mit einem Sprunge war er vom Bocke herab und war, während der Müller seinen Wagen in die Stadt lenkte, bereits in der Menge verschwunden. Der Advokat war zu Hause, aber die Nachrichten, die er dem Müller gab, taugten wenig. Es zeigte sich wieder, welche mächtigen Feinde dieser reiche und stolze Mann im Rate der kurfürstlichen Regierung hatte.

Unmutig kam Reinbacher nach langen Verhandlungen im Wirtshause»Zum Silbernen Hirsch«, dem Rathause gegenüber, an, wo ihn Wendelin bereits erwartete. Die Wirtin, eine volle, noch gut aussehende Frau, begrüßte Reinbacher aufs freundlichste und wies ihm vor einem gedeckten Tische den besten Platz an. Aber der Müller war düster und wortkarg. Wendelin, der den Kopf von allem voll hatte, was er gesehen, wollte fortwährend eine Rede beginnen und hätte am liebsten alles haarklein erzählt, aber er sah seinen Herrn in schlechter Laune und schwieg verlegen.

Allmählich füllte sich die Stube mit Gästen. Der Morgen war nun doch einmal durch das Tagesereignis unterbrochen, und die aufgeregten Geister forderten einen Trunk. Der Krämer, der Küster, der Posthalter, der Bäcker, lauter Bekannte des Müllers, traten herbei, und das Gespräch über die Hinrichtung ward allgemein. Reinbacher konnte, so unlieb es ihm war, die Ohren der brennenden Tagesfrage doch nicht verschließen und wurde zuletzt in den Strudel der Meinungen hineingerissen.

Merkwürdigerweise stellten alle älteren Leute, die den Kornergeorg als Kind gekannt haben wollten, die Ansicht auf, daß sie ihn eines Verbrechens wie eines Raubmordes nimmermehr fähig gehalten hätten. Dazu trat noch der Umstand ein, daß in der Führung des Prozesses allerlei kleine Willkürlichkeiten begangen worden waren, was von den erwähnten Personen als eine Bestätigung aufgefaßt wurde, daß der Hingerichtete, wenn auch nicht schuldlos, doch ein Verbrecher aus Leidenschaft und heißem Blute gewesen. Als sich die Meinungen ziemlich einmütig nach dieser Seite geneigt hatten, erhob der Müller nach längerem Stillschweigen die Stimme und sagte: »Es ist schlimm, wenn es so ist; aber wäre das Gericht auch genau nach dem Buchstaben des Gesetzes vorgegangen, eine Barbarei bleibt es doch, einen Menschen, und zwar einen so jungen Menschen, der kaum das zwanzigste Jahr überschritten hat, dem Henker zu überliefern. Ist denn keine Aussicht da, daß man einem solchen durch Belehrung und Anleitung zum Besseren das Herz zurechtsetze? Man muß ihm gleich den Kopf abschlagen? Das ist noch der alte Spruch: ›Aug um Aug, Zahn um Zahn‹, der den altjüdischen Gesetzen angehört; eine spätere Zeit denkt bereits milder, und schon Ezechiel sagt: ›Gott will nicht den Tod des Sünders, er will, daß er sich bessere.‹«

»Ihr seid also im allgemeinen gegen die Todesstrafe, Meister?« rief der Krämer herüber. »Von einem so gescheiten Manne wie Ihr nimmt mich das wunder.«

»Ich bin gegen die Todesstrafe«, erwiderte Reinbacher. »Sie ist eine Gewalttat, sie ist nicht der Gerechtigkeit entsprungen, sondern der blinden Wut und Rache des Menschen. Den Ermordeten bringt es nicht wieder zum Leben, daß man ihm den Mörder nachschickt, und daß an einem Menschenleben gefrevelt ward, ist kein Grund, daß man an des Frevlers Leben freveln dürfe. Vor zweitausend Jahren, wie ich in einem Buche gelesen, wurde der Mord von den Verwandten des Toten an dem Täter mit dem Dolche gerächt. Jetzt stellt man einen Henker an, und der tut es für die Verwandten, mit kaltem Blute, wie ein Holzspalter, der auf einen Holzblock losschlägt. Ich nenne das abscheulich!«

Der Müller hatte kaum zu Ende gesprochen, als gegen solche Milde und solchen Freisinn eine allgemeine Opposition losbrach. Die Humanität, die die Todesstrafe verwirft, ist nämlich von neuestem Datum, und dem verflossenen Jahrhunderte, in welchem noch die Tortur und das Rad im Dienste der Gerechtigkeit arbeiteten, war sie geradezu fremd. Alles kam darin überein, daß, wer Blut vergießt, es wieder mit seinem Blute sühnen müsse.

Aber der Müller, wiewohl nur ein schlichter, einfacher Mann, hatte eine höhere Natur empfangen. Obwohl ihm keine Bildung zuteil geworden, empfand er doch sehr edel und hatte eines jener Gemüter, die einen gewissen Stolz und Ehrgeiz darein setzen, mild, gut, gerecht zu sein sogar da, wo er selbst Schaden erlitten. Zu solchem edeln Zuge ist ein Grad von Schwärmerei vonnöten. Diese besaß er auch, und sie hatte sich an die großen, hochsinnigen Sprüche des Evangeliums angeklammert, welche sie formten und leiteten.

An einer solchen Natur kann es nicht überraschen, daß sie gegen die Todesstrafe stimmte. Reinbachers milde Ansichten waren ja keine Frucht der Aufklärung, kein eingelerntes Prinzip, sie waren von seinem Gemüte wie von selbst gefunden worden. Man würde sehr irren, ihn für einen der Freigeister zu halten, von denen es gegen den Schluß des vorigen Jahrhunderts zu wimmelte. Im Gegenteil, er war ein ganz positiver Mann, dem das Althergebrachte heilig, dem die Bibel noch Heilige Schrift war und der nur darum edel zu empfinden und recht zu handeln glaubte, weil er sich für einen wahren Christen hielt.

Natürlich stand er mit seiner Meinung allein, und von allen Seiten flogen ihm Widersprüche zu. Da erhob der unter den Anwesenden fanatischste Schwärmer für Galgen und Rad, der Stadtschreiber, seine Stimme und sagte:»Man wirft dem Prozesse Ungerechtigkeit vor. Zuletzt werde ich noch hören müssen, daß der Hingerichtete ein guter junger Mensch gewesen ist. Aber das weiß ich besser, als Stadtschreiber, wie das Aussehen trügt, und ich weiß auch, welch ein Vogel der Kornergeorg gewesen. Ein Galgenvogel war er, und zwar schon im Neste. Als Kind war er schon verwahrlost und mit allen schlechten Eigenschaften behaftet, hat seine Geschwister übel behandelt und ist zuletzt seinem Vater entlaufen. Jahrelang hat man nichts von ihm gehört, und der Himmel allein weiß, welche Streiche er in der Ferne verübt. Plötzlich ist er wieder heimgekehrt und hat sich als Knecht bei dem Fuhrmann Lorenz verdingt. Der Fuhrmann, das weiß jeder, war ein redlicher, wenn auch jähzorniger Mann, und er konnte nichts dafür, wenn seine Frau nichts taugte. Mit dieser hat der Kornergeorg es zu tun gehabt, und so kam er auf den Gedanken, den Lorenz zu ermorden. Die Tat ist erwiesen, wenn auch der Verbrecher mit merkwürdiger Verstellung alles bis kurz vor seinem Tode geleugnet.

Stimmt auch nicht alles überein? Waren nicht Herr und Knecht miteinander im Kruge? Sind sie nicht miteinander fortgefahren? Hat man nicht des Fuhrmanns Geld in seines Knechtes Tasche gefunden? Ist es möglich, daß ein anderer den Fuhrmann umgebracht als jener, der mit ihm auf einem Wagen gesessen? Im frischgefallenen Schnee haben sich nirgends Schritte auffinden lassen. Ein solches Subjekt«, schloß der Stadtschreiber, »will nun der Müller Reinbacher der Gesellschaft erhalten wissen, weil es noch jung sei und sich bessern könne. Aber was so anfängt, bringt es wohl später kaum zu Besserem. Soll man ihn auf Landeskosten füttern, indes redlicher Leute Kinder darben? Oder würde er sich im Zuchthause veredeln? Oder soll man ihn freilassen und warten, bis er einen zweiten totschlägt?«

»Ich kann auf diese Einzelheiten nicht eingehen«, erwiderte der Müller, »aber manches in Euerem Prozesse und in Eueren Ansichten scheint mir doch nicht klar. Der Kornergeorg, sagt Ihr, war ein verwahrloster Bursche. Ist es seine Schuld, daß er keine Schule besucht, der Kirche und Predigt selten beigewohnt und im ganzen Leben wohl nie ein gutes Beispiel vor Augen gehabt? Weil man ihn aber als verwahrlost gekannt, wird ihm nun eine Tat ohne weiteres aufgebürdet, die an sich noch nicht aufgehellt ist. Sein Verhältnis mit der Frau seines Dienstherrn hat ihn nach allen Anzeichen ins

Verderben gestürzt. Oft hatte es wegen ihr zwischen Herrn und Knecht Streit gegeben, denn der Fuhrmann war eifersüchtig und ahnte nichts Gutes. Ist es aber erwiesen, daß Herr und Knecht zusammen vom Kruge heimgefahren? Der Knecht behauptet, er sei früher fort; das Gericht sagt darauf, es sind keine Fußtapfen da. Der Knecht erwidert: es ist inzwischen neuer Schnee gefallen. Die Pferde gingen ruhig ihren Weg weiter, eine Bauersfrau, die vor ihrem Hause stand, erkannte den Wagen, aber leider nicht den Kutscher. Kurz, die Geschichte ist dunkel und wird wohl ewig dunkel bleiben; die Menschen aber, aus lauter Unvollkommenheiten zusammengesetzt, richten strenger als Gott, der Vollkommene. Dieser kennt nur abbüßbare Schulden; der Mensch tötet und spricht damit ein für allemal über ein Verbrechen ab. Täglich«, schloß der Müller, »beten wir: Führe uns nicht in Versuchung. Habt Ihr wohl einmal nachgedacht, was eigentlich diese Worte bedeuten? Sie sagen: zeige uns nicht, wessen wir in gewissen Lagen fähig sind, stell uns nicht auf die Probe! Darum mahnt auch das Wort Gottes fortwährend zur Milde, und es ist ein gar selten schöner Spruch, jener Spruch im Briefe an die Römer: ›Die Rache ist mein, ich will vergelten, spricht der Herr!‹«

Der Müller, der alles dies mit volltönender Stimme und der Ruhe und Zuversicht eines energischen Bewußtseins gesprochen, schloß seine Rede und stand auf. Der Stadtschreiber aber sagte höhnisch: »Nun, dieser Spruch kann bei dem Kornergeorg noch immer in Erfüllung gehen. Zu dieser Stunde steht er bereits vor dem ewigen Richter, und der mag's ihm vergelten, wenn ihm die irdischen Richter zu weh getan haben sollten. Ich glaube es nicht, und damit Punktum.« Er hatte mit diesen Worten die Lacher auf seiner Seite.

*

Als der Müller Reinbacher das Wirtshaus »Zum Silbernen Hirsch« verließ und in seinem Wagen davonfuhr – es war eine stattliche, himmelblau angestrichene Kalesche, und zwei zwölf Faust hohe, stämmige, wohlgenährte Müllerpferde waren davorgespannt –, dunkelte der Abend bereits. Schwere, an den Rändern noch vom Widerschein der Sonne tiefrot funkelnde Wolken lagen im Westen, und der diesen Gegenden eigene rätselhafte Haarrauch zeigte sich in den tieferen Gründen und legte sich beklemmend, fast erstickend auf die Brust. Alles war still. Nur zuzeiten ließ sich von fern das heisere Geschrei des Wachtelkönigs vernehmen, der in einem Saatfelde hin und her lief. Schweigend fuhren Herr und Knecht durch eine eintönig ebene, fast düstere Landschaft. Am Ende des Gesichtskreises lief ein langer Höhenzug hin, baumlos und kahl, aus unfruchtbarem Sandsteingeröll bestehend, öde wie Golgatha. Auf einem der Gipfel desselben war der Richtplatz. Mit jedem Schritte kam der Wagen diesem Punkte näher.

Wendelin, die Zügel starr in der Hand haltend, blickte ununterbrochen hin. Seine jugendlich rege Einbildungskraft war von dem Galgen, der ganz undeutlich in der Ferne zu sehen war, wie gefesselt. Er sah im Geiste den Toten hoch oben hängen, ganz so, wie er ihn am Morgen gesehen, mit halboffenem Munde, dem bis an die Achsel herabfallenden Kopfe, an dem dünnen, doch festen Strange, mit gefesselten Händen, in deren Gelenke die Stricke tief einschnitten. Er schauderte zuweilen zusammen und drehte sich nach dem Müller um, wie um bei ihm Mut zu holen, ohne ein Wort zu sagen, da er von ihm nur Vorwürfe über seine Neugier von heute morgen erwarten konnte.

»Oh, hätte ich den verwünschten Kerl gar nicht gesehen!« sagte er still zu sich selbst. »Der wird mich noch plagen. Weiß Gott, den sehe ich noch lange auf Schritt und Tritt. Ich werde mich heute nachts gar nicht in die Bodenkammer wagen.«

Während dies in Wendelins Gemüt vorging, beschäftigte den Müller derselbe Gegenstand, nur in anderer Weise. Die düsteren Eindrücke des Tages traten mit Lebhaftigkeit in ihm hervor und weckten das schlummernde ernste, tiefsinnige Wesen in seiner Brust. Seine sonst gleichmäßig heitere Laune ging in diesem Brüten unter. Als er die Richtstätte in der Ferne erblickte, tauchte plötzlich der Gedanke in ihm empor, er wolle den Gehenkten ansehen. »Bin ich doch, bei Gott«, sagte er zu sich, »weit kindischer als Wendelin. Ich mache mir Vorwürfe im stillen – und doch möchte ich ihn sehen ...«

Die Lust nach dem Gespenstigen, Toten, dem Leben Fremden und Feindlichen siegte in ihm. Welchen vernünftigen Gedanken er auch gegen sein Vorhaben anführte, wie zwecklos er auch den abseits liegenden Weg zur Richtstätte nannte, wie eitel, unnütz, ja abscheulich ihm auch seine Neugier vorkam, er konnte sich von der seltsamen Lust nicht losringen, die sich einmal hartnäckig und rückhaltlos, wie alles in ihm, seiner bemächtigt hatte. Er mußte den Kornergeorg sehen. Das stand endlich bei ihm fest.

Der Wagen kam inzwischen dem Galgenhügel sehr nahe. Da rief Wendelin zusammenschaudernd:»Heiliger Himmel, da steht der Galgen, und der Mensch hängt noch immer!«

»Halt an!« antwortete der Müller.»Wir wollen ihn uns jetzt ganz bequem ansehen.« –»Ansehen?« fragte Wendelin, von Furcht gepackt.»Ich wollte, ich hätte ihn nie gesehen. Ihr aber spaßt –« –»Das fällt mir nicht ein«, erwiderte der Müller trocken und sprang aus dem Wagen.»Bleib du indessen hier. Du hast Angst, und ich verdenke es dir nicht.«

Ehe Wendelin eine Antwort fand, war der Müller schon auf dem Wege. Jener sah dem Herrn verdutzt nach, bis dieser in dem schmalen gewundenen Weg des Sandhügels verschwand.

»Der hat Courage«, sagte Wendelin zu sich.»Ich fürchte mich hier beinahe. Es ist aber auch so einsam ringsherum, so öde. Und sieh da, sieh da – da kommen schon ein paar Raben gezogen. Gott, wenn nur mein Herr schon wieder da wäre!« Er ging zu den Pferden, streichelte sie und begann sie anzureden, wie um einigen Mut zu erlangen.

Eine gute Weile verstrich. Da kam der Müller wieder.»Da kommt er«, sagte Wendelin zu sich,»gottlob! Aber wie hastig er läuft! Er hat wohl recht Angst. Wie will ich ihn auslachen – aber nicht hier, erst zu Hause!« Er schwang sich schnell auf den Kutschbock, damit er, sobald der Müller eingestiegen, gleich weiterfahren könne, um nur so bald als möglich weiterzukommen.

»Wendelin! Wendelin!« rief der Müller, einen Büchsenschuß weit entfernt und beim Abenddunkel kaum zu erkennen, seinem Knechte entgegen. –»Was gibt es?« schrie Wendelin, von einem fast abergläubischen Entsetzen ergriffen, und sprang vom Wagen herunter – doch blieb er stehen, die Füße wollten ihn nicht tragen. Die Eile seines Herrn, seine Rufe kündigten ihm etwas Entsetzliches an. »Was kommst du nicht?« donnerte ihn der Müller aus nächster Nähe an.»Der Mensch da oben – der Mensch ist nicht tot – er lebt!«

»Was Euch doch einfällt!« antwortete Wendelin aus Schrecken in einer anfahrenden Weise, sich vor seinem Herrn ängstigend. »Ich sage dir, er lebt«, rief der Müller, »und ich habe ihn abgeschnitten!«

»Ihr seid von Sinnen!« schrie Wendelin. »Ich laufe Euch davon!«

»Hasenfuß!« rief der Müller und faßte Wendelin mit seiner riesigen Hand. »Der Mensch ist noch am Leben, ich sah und fühlte ihn zucken!«

»Nun, so ist's gut«, sagte Wendelin, »er ist abgeschnitten und wird zu sich kommen. Fahren wir nach Hause.« Indem er das sagte, wollte er abermals auf den Kutschbock steigen. Der Müller wies ihn mit den Worten zurecht: »Eine Fügung Gottes hat mich dort an den Richtplatz hinaufgesandt. Komm mit, wir wollen den Menschen holen und ihn heimbringen.«

Diese Worte betäubten Wendelin. Er stotterte kleinlaut und angstvoll: »Bedenkt Euch – rührt nicht an, was des Henkers ist –«

Da sagte der Müller voll Nachsicht mit solcher Schwäche: »Die Zeit ist kostbar. Der Gedanke würde mich zeitlebens foltern, daß ich einen Mitmenschen in Todesnöten wußte und ihm nicht beisprang. Ich gehe eben allein.« Er sagte es und ging in der Richtung zum Galgen mit großen Schritten fort.

Wendelin ging ganz trostlos zurück. Eine dämonische Furcht lastete erdrückend auf seinen Nerven. Er wußte nicht, ob er an eine Gespenstererscheinung glauben oder seinen Herrn für verrückt halten solle. Im ersten Augenblick wollte er mit den Pferden davonfahren, besann sich wieder, wollte seinem Meister nachrennen und ihn zurückhalten oder, wenn es sein müßte, mit ihm hinaufgehen, denn es schien ihm nirgendwo so schrecklich als da, wo er sich allein befand. Er lenkte den Wagen von der Straße ab, band die Pferde an einen Baum und begann, dem Müller aus Leibeskräften nachzulaufen. Neben der Furcht, die ihn zu diesem Entschlüsse gebracht, wirkte offenbar, jedoch ihm selbst ganz unklar, eine innige Anhänglichkeit und bis zur Aufopferung reichende Treue zu seinem Herrn mit. Am Fuße des Galgenberges holte er den Müller ein.

»Bester Herr«, rief er atemlos, »kehrt mit mir um! Der Mensch dort oben ist gerichtet, und wie und wann er stirbt, ist gleich!«

»Pack dich«, fuhr der Müller Wendelin zornig an, »ich brauche dich nicht, närrischer Junge!«

Wendelin blieb das Wort im Munde stecken. Er hatte einen Ton des Zornes vernommen, den der Müller selten, aber nie vergeblich anschlug. Er folgte still und ängstlich, bis er auf dem Gipfel stand.

Dort angekommen, eilte der Müller auf den Körper zu, der unter dem Galgenbalken hingestreckt dalag, begann ihn zu reiben und Gesicht und Augen von Zeit zu Zeit anzuhauchen.

Es bedurfte langer Sammlung, ehe Wendelin ganz nahe trat. Er sagte leise: »Nun, nun! Hoffentlich seht Ihr es jetzt ein. Der Mann ist tot, und alle Ärzte der Welt können ihm nicht helfen.«

»Er ist nicht tot!« rief der Müller. »Er kommt zu sich, er lebt. Hierher – lege die Hand an sein Herz! Rasch in den Wagen mit ihm, in der Mühle wird er besser zu retten sein.« Er ergriff den Gehenkten unter den Achseln, und Wendelin, von seines Herrn Blick und Stimme zu blindem Gehorsam gezwungen, faßte ihn bei den Füßen. So trugen sie ihn langsam herab.

Und in der Tat, es war alles so, wie der Müller gesagt – der Mensch lebte. Schon auf der Heimfahrt entwand sich ein leises dumpfes Stöhnen seiner Brust. Er zitterte kaum merklich an den Händen. Nach einer kleinen Stunde erreichte der Wagen die einsam stehende Mühle.

*

Die Mühle Reinbachers, die Mühle am Höft (der Höft heißt in der Schiffersprache eigentlich die hervorspringende Spitze Landes, womit der Wasserstrich abgewiesen wird) genannt, stand auf einer Insel, die der mächtige stolze Strom, die Weser, in seiner Krümmung zwischen Nienburg und Hoya bildet. Kam man von Nienburg die Straße daher, so sah man zuerst den Strom in zwei beinahe gleichgroße Arme auseinanderweichen. Weiter hinauf kam man damals zu einem Wehr, welches schräg durch den linken Flußarm hindurch gelegt war, einem langen Bau aus übereinandergestellten Holzrosten, und nun zeigte sich die Insel, lang, schmal und niedrig, von Pappeln und Erlen umsäumt, in deren Mitte, im Sommer kaum durch die Wipfel sichtbar, die Mühle stand. Eine Brücke, dort angelegt, wo der Arm sich bereits zurückkrümmte, führte zu ihr hinüber.

Auf der Insel selbst war Platz genug für eine Mahlmühle und die dazugehörige Brettsäge. Die erstere war ein sehr ansehnliches Gebäude. Drei mächtige schwarze Räder, oberhalb mit einer Bedachung versehen, tummelten sich kräftig. Der Hofraum vor dem Hause war nicht übergroß, doch geräumig genug, daß die Mühlgäste mit ihren Getreidefuhren bequem zufahren, abladen und umkehren konnten. Tauben flatterten ab und zu, Hühner gackerten, von früh bis spät war's auf dem Hofe lebhaft. Vorrätige Stämme, Klötze und Bretter bildeten die Staffage rechts und links von der Brettsäge, aus bloßem Sparrwerk erbaut, die am sogenannten wüsten Gerinne arbeitete. Zur Mühle selbst und zur Wohnung Reinbachers führte eine altertümliche, aus Stein gehauene Türe, der Zugang war mit Mühlsteinen gepflastert. Zwei große Räume stießen an die Mahlstube. Nach hinten zu lag die Knappenstube, eine Werkstatt mit allem Geräte, dessen ein Mühlbauer, Tischler und Holzgeschirrbauer benötigt, nach vorn und mit der Aussicht auf den Hof lag die Wohnung des Müllers. Doch diese beschränkte sich nicht auf dieses Zimmer allein. Eine Reihe von Kammern war oberhalb der Mahlstube und über dem Steigwerk angebracht. Ein hölzerner Gang lief außerhalb des gemauerten Teils der Mühle frei über die Schleusen und das ganze sogenannte Wassergebiet und kommunizierte mit der Stube des Müllers durch eine kleine Treppe. In diesen Kammern hatte einst die reiche Frau Sibilla, des Müllers Mutter, gewohnt; da ihr Sohn ein Hagestolz geblieben, standen sie leer und waren nur bestimmt, das mannigfache Gut zu wahren, das ihm von ihr überkommen war. So deutete alles im Hause auf Wohlhabenheit, uralten Bestand und vielfach ererbten Besitz; die drei alten schwarzen Räder aber, die so tätig Tag und Nacht arbeiteten, kündeten sozusagen unausgesetzt das Lob des Mannes, der so treu, kräftig und von allen Nachbarn geachtet im Hause waltete.

Und doch sollte dies alles, wenn es nach der Ansicht des Landesherrn ging, kein Jahr mehr bleiben, sondern wie mit einem Tuche weggewischt werden. Schon lange war die Regierung der Ansicht, das Wehr am Höft müsse fallen und somit auch die Mühle, der linke Arm des Flusses müsse schiffbar werden wie der rechte. Es hieß, die Interessen der längs des Armes gelegenen Ortschaften forderen es. Man würde, hieß es ferner, falls gehörige Baggerungsarbeiten vorgenommen würden, auf dieser Seite eine kürzere und bessere Wasserstraße gewinnen als drüben. Schon vor sechs Jahren war dem Müller der Antrag gestellt worden, seine Mühle zu verkaufen, er hatte sich dessen geweigert. Neue Anträge liefen ein. Der Müller stützte sich darauf, daß seine Mühle seit Menschengedenken da stehe und seit undenklicher Zeit im Besitz seiner Familie sei. Ein Prozeß begann, ein Prozeß ums Wehr; der Müller verteidigte den Rechtsboden, auf dem er fußte, Schritt für Schritt. Nun war ihm zuletzt mit Anwendung des Expropriationsrechtes gedroht worden. Der Kampf verstimmte ihn oft tief, aber er wurde nie an sich irre, entschlossen, nur der Gewalt zu weichen und mit allem Nachdruck das Haus zu verteidigen, das seine Vorfahren gebaut.

Soviel von dem, was vor dem Zeitpunkte lag, an welchem unsere Geschichte anhebt.

Der Raub des Gehenkten – oder soll man sagen seine Rettung – war glücklich vonstatten gegangen. Niemand außer Wendelin wußte, daß ein fremder Mensch in die Mühle gekommen war und nun im hinteren Zimmer schon den zweiten Tag wohne. In der Tat hatte Wendelin mit großer Gewandtheit die Knechte und Mägde zu beseitigen gewußt, und so war der unheimliche Gast in die Mühle aufs heimlichste hineingeschmuggelt worden. Dort wurde er mit Speise und Trank aufs beste versehen und erhielt einen vollständigen Anzug aus des Müllers alter Garderobe. Die Kleidungsstücke, die er am Galgen angehabt und das aus Hemd, Beinkleid und Socken bestanden, wurden auf den ausdrücklichen Befehl des Müllers von Wendelin im Ofen verbrannt, weniger aus Vorsicht, als um eine abscheuliche Erinnerung zu vernichten.

Die Erklärung, die der Kornergeorg dem Müller über das Verbrechen gab, das ihn an den Galgen gebracht, war nun freilich eine, die ihn großenteils reinwusch. Er gestand, daß er mit der Frau des Fuhrmanns Lorenz in verbotenem Umgange gestanden, das Geld aber, das man bei ihm gefunden, habe er von ihr selbst erhalten, nicht dem Fuhrmanne geraubt. Seien nicht die Straßen voll Marodeurs und Nachzügler des Krieges? Er selbst sei unter einem Vorwande früher aus dem Kruge weggegangen, um noch eine Stunde mit der Frau, die er sehr geliebt, zusammen zu sein. Den Fuhrmann aber müsse jemand, den er unterwegs auf seinen Wagen habe aufsteigen lassen, auf diesem Wagen selbst ermordet und bestohlen haben. Sein Unglück sei, daß er von seiner frühen Rückkehr nach Hause nichts sagen dürfe und damit der Frau nur schaden würde, ohne sich selbst zu helfen. Manchem Fußgänger sei er auf diesem Wege begegnet, habe sich aber vor jedem im Gebüsch, das den Weg einzäune, versteckt, damit dem Fuhrmanne nichts berichtet werde. So habe er sich selbst um jeden Zeugen gebracht. Ein Zusammentreffen von Umständen habe ihn tückisch dem Henker überliefert.

»Das hört sich ganz gut an«, sagte Wendelin, als der Kornergeorg mit seiner Verteidigungsrede fertig geworden war, »aber Ihr habt doch den Mord des Fuhrmannes selbst zuletzt eingestanden!«

Über das Gesicht des Malefikanten fuhr ein böses Lächeln, und er sagte:»Ja, aber wo? In der Torturkammer! Was würdet Ihr nicht gestehen, wenn man Euch die Knochen aus dem Leibe herausdrehte? Daß Ihr mit des Teufels Großmutter gestern zusammen gewesen! Habt Ihr von der Leiter gehört? Könnt Ihr Euch einen Begriff machen, wie einem ist, wenn sie die Kugel des Oberarms aus den Höhlen hervorzerren? Redet nicht von Dingen, die Euch nichts angehen und von denen Ihr nichts versteht. Ich bin nur dem Müller Antwort schuldig, nicht Euch.«

Wendelin biß sich in die Lippen und rückte mit dem Stuhle. Der Müller war noch in die Erzählung vertieft und sagte:»Nun weiß ich noch weniger als je, ob ich einen Unschuldigen gerettet oder einen Verbrecher befreit habe. Doch meiner Handlungsweise sei das gleich. Ich traf Euch und wurde Euer Retter und bereue nichts. Ihr habt dem Tode ins Gesicht gesehen und seid ohne Zweifel willens, ein anderer Mensch zu werden. Ich wäre kein Christ, wenn ich Euch nicht dazu nach Möglichkeit behilflich sein wollte.«

»Und was denkt Ihr mit mir zu tun?« fragte Kornergeorg.»Wenn sie mich finden, sie lassen sich nicht die Mühe verdrießen, mich noch einmal zu hängen!«

»Mein Entschluß ist gefaßt«, erwiderte der Müller.»Morgen gegen Abend bringe ich Euch nach Bremen. Ich weiß, daß ein Schiff dieser Tage die Anker nach den ostindischen Besitzungen der Holländer lichtet, um Angeworbene dorthin zu transportieren. Ich bin mit dem Steuermann bekannt. Es kostet mich nur ein Wort, und Ihr kriegt ein Handgeld und werdet holländischer Soldat. Da ist für Euch gesorgt, da kennt Euch niemand.«

Der Kornergeorg kratzte sich heftig den schwarzen kraushaarigen Kopf und leerte hastig das Glas.»Ostindien! Ostindien!« rief er.»Das ist das Land, wo man Papageien und Affen und Meerkatzen zu sehen kriegt, ohne daß man dafür einen Kreuzer zahlt. Das ist allerdings ein Vorteil; aber das Land ist teufelmäßig weit, man ist wie aus der Welt – offen gesagt, alles andere wäre mir lieber.«

»Wohin wollt Ihr?« fragte der Müller.»Glaubt Ihr nicht, die Polizei spürt Euch auf, wenn Ihr einfach über die Grenze in den Nachbarstaat hinüberflüchtet? Glaubt mir, mein Plan ist gut, glaubt mir!«

»Die Reise nach den holländischen Besitzungen«, warf der Kornergeorg hin,»wäre sehr schön. Doch wie ich gehört habe, ist das Klima dort mörderisch. Soll ich dem Henker entgangen sein, um dem gelben, grünen oder schwarzen Fieber zu unterliegen?«

»Meister«, rief Wendelin dazwischen,»Ihr seid ein gutherziger Mensch! Wenn der da es nicht erkennt, wie schön Ihr an ihm handelt, so verdient er wahrlich, daß sie ihn wieder fangen. Wißt Ihr wohl, Bursche«, fuhr er, zum Kornergeorg gewendet, fort,»daß der Meister hier, indem er das Gesetz hintergangen und Euch, dem Verfemten, zur Flucht verhilft, sich einer großen Strafe aussetzt? Wollt Ihr ihm auf dem Halse sitzen bleiben oder gar Konditionen machen, wie es Euch am bequemsten? Ihr dankt dem Manne das Leben, Ihr dankt ihm's einst, wenn Ihr wieder ein ehrlicher Bürger werdet. Wahrlich, kein Mensch weit und breit hätte ein Gleiches an Euch getan. Küßt ihm die Hände, er verdient es, und morgen sei die Losung: Aufs Schiff und den Soldatenrock angezogen!«

»Fahrt nur nicht so über mich her!« rief der Kornergeorg, dessen Ton bisher immer kühl war, im Affekt Wendelin zu, während ein böser Blick aus seinem Auge hervorblitzte.»Ihr wißt, daß ich unschuldig gehängt worden wäre, wenn sich nicht Gott meiner erbarmt hätte. Ja, ja, Gott; der Müller ist nur das Werkzeug in einer höheren Hand gewesen. Habt Ihr je gehört, daß etwas Ähnliches vorgekommen? Was ist noch ein Wunder, wenn das, was ich erlebt, keines ist? Mischt Euch nicht ins Gespräch, ich habe es mit dem

Müller nur zu tun, nicht mit Euch. Ihr habt mich nicht gerettet. Wäre es nach Eurem Kopfe gegangen, so war ein Unschuldiger gehängt.«

»Verzeiht ihm«, meinte der Müller begütigend, »er wollte Euch keine Kränkung antun.«

»Das fehlte auch noch«, sagte Kornergeorg, »von ihm ließe ich es mir nicht gefallen. Ich bin wohl auch nur ein Knecht, aber Gott hat mir einen guten Kopf verliehen. Wer weiß, was aus mir geworden wäre, wenn das Unglück nicht von Kindheit an hinter meinen Fersen her wäre. Vielleicht ist es jetzt mit meinem bösen Schicksale vorbei. Wer das bestanden hat, was ich in den letzten Wochen bestanden, wer solchen Todesschweiß geschwitzt – ja, ich kann sagen, was keiner sagen kann, keiner auf Erden –, wer wie ich mutig den Tod erlitten, der hält sich noch für etwas bestimmt, der bleibt nicht beim Schweinetrog sitzen!«

Dieses Selbstgefühl, das sich so entschieden in dem bisher bescheidenen Menschen aussprach, frappierte den Müller und setzte ihn in Verwunderung. Er sagte nach einer Weile: »Es freut mich, daß Ihr auf Euch haltet. So sehe ich, es steckt in Euch ein neuer Mensch. Lasset den Wendelin, der hat noch nichts erfahren.«

Da trat Wendelin rasch zur Tür hinaus und schlug sie heftig hinter sich zu.

»Er ist Verweise nicht gewohnt«, meinte der Müller und fuhr ernst fort: »Wenn nun wirklich ein neuer Mensch in Euch steckt, so begreife ich nicht, warum Ihr meinen Plan nicht billigt. Wollt Ihr noch etwas werden, so könnt Ihr es nur, wo Euch niemand kennt; und wo könnt Ihr leichter zu etwas kommen als dort, weit über dem Meere, wo sich alles dem Mute, der Ausdauer, der Unternehmung von selbst öffnet? Redet selbst!« – »Ja, es ist wahr«, meinte der Kornergeorg, »Ihr habt ganz recht. Ich glaube aber, ich habe nichts zum Soldaten in mir. Das wäre schlimm. Was dann in Ostindien?« – »Alle Wetter!« rief der Müller. »In Euch nichts zum Soldaten? Ihr seid mir ja wie geschaffen dazu!«

»Glaubt Ihr, Meister?« meinte der Kornergeorg, indem er, wie im Nachdenken oder wie auf einen anderen Gegenstand sinnend, die

Worte gedehnt aussprach. »Glaubt Ihr? Ich weiß nicht – ich weiß nicht –. Wann geht das Schiff ab?« fügte er lebhaft hinzu.

»Dieser Tage gewiß«, erwiderte der Müller. »Genau weiß ich es noch nicht. Wir müssen jedenfalls morgen nach Bremen.«

»Schon morgen?« rief Kornergeorg, wie es schien, sehr unangenehm überrascht. »Würde nicht einige Wochen später ein zweites Werbeschiff auslaufen?«

»Darauf kann man sich nicht verlassen«, sprach der Müller. »Übrigens kann ich Euch keine so lange Herberge gewähren. Ihr könnt denken, wie sich alle Welt den Kopf zerbricht, wohin der Gehenkte vom Galgen geraten ist. Alle Teufel, Ihr habt nicht viel Bedenkzeit!«

»Wahr, wahr!« versetzte Kornergeorg. »Wohlan, es sei! Also morgen nach Bremen. Gute Nacht, mein teurer Meister, gute Nacht!« Er drückte bei diesen Worten dem Müller die Hand.

»So früh schon heute?« meinte der Müller. »Ihr fühlt Euch wohl noch zuweilen schwach?« – »Ja, es ist kein Wunder«, sagte der Kornergeorg, »es wird sich aber bald geben. Gute Nacht!«

Er nahm ein Licht und begab sich in die Bodenkammer, die ihm zur Schlafstätte angewiesen war. Der Müller folgte ihm und sperrte die Treppentüre hinter ihm ab.

Nachdem der Kornergeorg hinausgegangen, blieb der Müller eine Zeitlang sitzen. Sein Kopf war mit der Ausführung seines Planes beschäftigt, wie er seinen Schützling glücklich auf das Werbeschiff bringen werde.

Mitten in diesen Gedanken wurde er durch das Eintreten Wendelins unterbrochen; schon zwischen der Türe begann er: »Der alte Gerichtsdiener, der Süpple, war soeben da –« – »Was, der Süpple? Zu dieser Stunde?« fragte der Müller, vom Stuhl aufspringend.

»Ruhig«, antwortete Wendelin, »es ist nichts. Mir ist es gerade so ergangen wie Euch, als ich ihn in die Mühle treten sah. Denkt nur, wie mir war, als er, kaum grüßend, sagte: ›In diesem Sturmwetter Dienst haben und fünf Stunden weit laufen, und alles das wegen des Gehenkten!‹ Da glaubte ich nicht anders, als sie seien auf der Spur. Als er aber dann weitersprach, wurde ich ruhig. Soviel aber ist gewiß, daß sich das Amt alle Mühe gibt, hinter das Geheimnis zu kommen, wie der Gehenkte verschwinden konnte. Der Süpple trug eine versiegelte Schrift auf das nächste Amt und wollte nur bei uns ausschnaufen. Ich hab ihm ein Glas Likör eingeschenkt. Eben ist er zur Mühle heraus, als ich den Kornergeorg mit dem Lichte am Bodenfenster vorübergehen sah. Ist der schon schlafen gegangen?«

»Er fühlte sich müde«, gab der Müller zur Antwort.

»Hört einmal, Meister«, begann Wendelin, »wir sind jetzt unter uns. Ich kann mir nicht helfen. Der Kornergeorg gefällt mir gar nicht.« – »Nichts als Scheu, lieber Wendelin«, sagte der Müller. »Du kannst dir jetzt den Menschen nur mit dem Galgen und dem Henker zusammen denken. Alles, was am Hinrichtungsplatze vorfiel, hat auf dich einen großen Eindruck gemacht. Erinnere dich nur, daß du dich wie ein Verrückter gebärdetest, als ich mit der Nachricht kam, er sei nicht tot, sondern am Leben. Solche Eindrücke lassen sich nicht so leicht verwischen!«

»Nein, nein«, erwiderte Wendelin, »nicht das allein ist's! Ich weiß nicht – soll mich Gott nicht dafür strafen –, ich kann von dem Menschen nichts Gutes halten. Mögen wir es nur beide nicht einmal bereuen, daß er wieder zum Leben kam!«»Was ist da zu bereuen?« fragte der Müller mit der selbstbewußten Ruhe, die eine menschenfreundliche Tat verleiht.

»Seht«, sagte Wendelin, »wie hat er Euren Antrag, Soldat zu werden, aufgenommen? Das hat mir vollends gar nicht gefallen. Zu Füßen hätte er Euch stürzen sollen, und ist dageblieben wie ein Klotz und hat fast nur Einwände gehabt gegen Eure vortrefflichen Absichten.« – »Ach, Wendelin«, versetzte der Müller, »du gehst zu weit. Einiges Bedenken muß man jedermann verstatten, wenn man in sein Leben eingreift und wo es die ganze Zukunft und alles gilt. Er ist ein ganz fügsamer Geselle. Du warst kaum zur Tür hinaus, da ward er ganz folgsam wie ein Kind. Er sah ein, wie gut ich es mit ihm meine, und fügte sich in alles. Morgen laß die Pferde stehen. Abends heißt's den langen Weg nach Bremen machen.«

»Nun gottlob, daß er aus dem Hause kommt!« rief Wendelin. »Ich werde erst ruhig sein, bis ich weiß, daß er fort ist samt dem Schiffe!« – »Schlag dir die mißtrauischen Gedanken aus dem Kopfe«, schloß der Müller, »und gehen wir heute früher zu Bett. Morgen wird die ganze Nacht gefahren.«

Der Müller ging in seine Schlafkammer, Wendelin leuchtete. »Ist das einmal wieder eine stürmische Nacht«, sagte dieser, zum Fenster flüchtig hinaussehend, »kein Stern am Himmel, und der Wind pfeift entsetzlich. Schlaft wohl, Meister, schlaft wohl!« Ein trefflicher Bursche, dachte Reinbacher, indem Wendelin aus dem Zimmer trat.

Über dem Land und der einsam stehenden Mühle lag die Nacht. Nur die Wasser rauschten, die Räder gingen, ruhig arbeitend, weiter, und der Wind ließ von Zeit zu Zeit seine eintönige Klage vernehmen. Dem Müller gingen, ehe er einschlief, manche Gedanken durch den Kopf, denn Wendelin war ihm durch seinen Enthusiasmus wieder werter als je geworden, und er fühlte aufs neue wieder, wie innig er ihn liebe. Wendelin war des Müllers Sohn und ahnte es nicht. Er glaubte, er sei nur ein zufällig angenommenes Kind. Der Reinbacher hatte seine Mutter geliebt. Wie oft, trotz ähnlich stürmischer Nacht, war der Reinbacher, damals um neunzehn Jahre jünger, hinausgezogen bis zur Wohnung des alten Turmwächters, wo die Christel wohnte, die schöne, blauäugige, blasse Christel. – Ach, auch der Reinbacher hatte seine Schuld hinter sich, seine schwere Schuld. Die Drohungen seines strengen und stolzen Vaters schüchterten ihn allzusehr ein, und endlich, da die arme Christel nach der Geburt ihres Kindes im Fieber lag – war alles zu spät. Die Mutter starb, das Kind war gerettet, der alte Turmwächter erfuhr nie den Namen des Verführers. Es war eine alte, oft dagewesene, aber ewig schmerzliche Geschichte.

*

Der Müller lag im ersten Schlafe, als ihn eine fremde Hand wachrüttelte. Er fuhr auf – Wendelin stand vor seinem Bette, halb in der Dämmerung, nur von einem Lämpchen beleuchtet, das er zwischen der Tür auf die Erde gestellt hatte. Er bewegte die Lippen wie in größter Gemütsbewegung, brachte aber kein Wort hervor.

»Nun, nun, was gibt es denn?« fragte der Müller.

»Meister«, sagte Wendelin, »der Kerl, den Ihr vom Galgen heruntergeschnitten –«

»Nun, was weiter?« fragte der Müller, sich aufraffend, während Wendelin stockte.

»Das Rabenvieh hat sich aufgemacht, hat eine Laterne angesteckt und ist in den Stall heruntergeschlichen.«

»Ei«, antwortete der Müller, »das war wohl einer der Mühlknappen. Wie käme denn der Kornergeorg auch nur von der Bodenkammer herunter? Ich habe die Tür der Treppe abgesperrt.«

»Dann hat er sie aufgebrochen«, sagte Wendelin, noch immer in der Hitze der größten Erregung.

»Was konnte er im Stalle suchen?« warf der Müller hin, stand aber sofort auf und setzte, seinen Schlafrock anziehend, gleich hinzu: »Wir wollen gleich nachsehen!«

Beide gingen. An der Treppentür angelangt, griff der Müller mehrmals mit starker Hand an das Schloß und sagte: »Dummes Zeug, du ängstlicher Hans! Ich hätte gar nicht geglaubt, daß du so furchtsam bist, wie ich dich in der letzten Zeit gesehen. Es ist alles in Ordnung.«

Während dieser Worte gingen beide zurück. Wendelin kratzte sich verdrießlich hinter dem Ohre. Sie kamen eben an dem Fenster vorüber, das in den Hof ging, der Schlafkammer gegenüber, in welche der Müller zu treten im Begriffe war, als Wendelin überaus lebhaft ausrief: »Da seht, da seht!«

Er zeigte auf eine Leiter, die gerade vor dem Fenster stand. Der Müller sah sie und blieb einen Augenblick lang stumm. »Da habt Ihr die Leiter!« fuhr Wendelin fort. »Er hat sie vom Boden herabgenommen. Und ist sie nicht an sein Dachfenster gelehnt? Ist er nicht ein Schurke?«

Der Müller blieb stumm und eilte in den Stall. Wendelin folgte. Als beide in den Hof getreten waren, hielt Wendelin den Müller, der sehr aufgeregt und aller Beherrschung bar schien, mit der Hand zurück und flüsterte: »Nur leise, leise! Sehen wir, was er treibt!«

Der Müller blieb zuerst stehen, dann näherten sich beide geräuschlos und langsam der Stalltüre. Diese war halb angelehnt, und man konnte alles im Inneren des Stalles sehen.

Kaum hatte der Müller hineingeblickt, als ihm Sehen und Hören verging. Er mußte sich seitab mit der Hand anlehnen. Er sah den Kornergeorg. Dieser hatte die Kleider an, die ihm der Müller geschenkt, eine Mütze auf dem Kopfe, ein Tuch um den Leib gewunden, in dem ein Bund Schlüssel und ein Messer steckte, und hohe lederne Wasserstiefel an den Beinen.

»Seht nur, seht«, flüsterte Wendelin, »seht den Halunken! Er umwickelt die Hufe der Pferde mit Stroh, er will sie stehlen – mit dem Braunen ist er schon fertig!«

Als der Müller das hörte, blickte er wie ein Automat flüchtig durch die Türöffnung. In seiner Seele kochte eine ungeheure Wut auf. Das also war der Mensch, dem er das Leben wiedergeschenkt, den er auf seine Gefahr hin noch einmal retten, mit Geld versorgen und in eine andere Welt bringen wollte. Der Mensch, dessen Rechtfertigung er noch vor wenigen Stunden Glauben geschenkt! Er hatte genug gesehen. Mit der Hast eines Menschen, der seiner Sinne nicht mehr mächtig, ergriff er eine Hebestange, die in der Ecke lehnte, drückte mit seiner breiten Hand den Wendelin hinter sich zurück und stellte sich drohend auf die Lauer.

Wieder verging einige Zeit. Der Kornergeorg zäumte die Pferde, die sich ängstlich gebärdeten, und hatte viel damit zu tun, sie zu beruhigen. Manchmal blickte er um sich und wischte mit dem Ärmel den Schweiß von seiner Stirne.

Dem Müller schienen die Sekunden Ewigkeiten. Endlich kam der Rabenvogel heraus, langsam schleichend, die Pferde am Zaume führend. Noch ein Schritt, und er stand dem Müller gegenüber.

Dieser aber erhob die Hebestange.

»Das für dich, du verdammter Hund«, murmelte er zwischen den Zähnen hervor, und blitzschnell sank die Stange nieder.

Da durchschnitt die Luft ein greller, entsetzlicher Schrei, die Pferde bäumten sich, ein Körper fiel zu Boden, der Hund drüben im zweiten Hofe riß heftig an der Kette und tat, heftig bellend, einige Sprünge hin und her. Die Pferde liefen, scheu gemacht, im finsteren Hofe umher.

Eine völlige Stille folgte und währte vielleicht eine volle Minute. Wendelin war der erste, der ein Wort von sich gab. »Der ist tot«, sagte er, »maustot!« Und er hielt die Laterne über die Leiche hin, deren Kopf zerschmettert war.

»Tot! Tot! Tot!« rief der Müller laut, vor Wut über den riesenhaften Undank schäumend und zugleich mit einer höhnischen Freude lachend, während ihm die Stange, die er noch immer krampfhaft gehalten, aus der Hand fiel.

»Wohin aber jetzt mit ihm?« fragte Wendelin bestürzt. »Wohin ihn verscharren, daß keine Seele etwas ahnt?«

»Du hast recht«, erwiderte der Müller, augenblicklich der Besinnung zurückgegeben. »Oh, daß man es verheimlichen muß! Die ganze Welt sollte dabeistehen und den Schandbuben daliegen sehen – man müßte mir Beifall zujauchzen, daß ich die Erde von solch einer Bestie befreit!« Da geriet der Müller wieder in die volle vorige Wut und rief, indem er mit dem Fuß nach der Leiche stieß: »Ihn noch verscharren? Heimlich? Bin ich ein Mörder? Hat er nicht an mir ein Verbrechen begangen? Es war nicht Strafe genug, ihn nur totzuschlagen – hinauf muß er wieder, woher er kam, wohin er gehört, wo ich ihn hätte hängenlassen sollen – fort mit ihm, wieder an den Galgen!«

»Schrecklich«, flüsterte Wendelin, und wieder zu Atem kommend, fügte er bei: »Aber es ist das geratenste und beste.« »Aber schnell«, befahl der Müller, »die Nacht ist halb vorbei. Verwische die Blutspuren, fange die Pferde ein, und dann fort!«

Eine Viertelstunde später war das Gesagte getan. Die Pferde waren angespannt und führten den Müller, Wendelin und den Leichnam in die Nacht hinaus. Niemand im Hause war wach geworden.

Der Sturm hatte sich gelegt, die Sterne schimmerten da und dort zwischen bewegten Wolkenknäueln, der Mond, seiner Völle nah, ging hinter dem Buschwald unter. Der Müller, in seinen Mantel gehüllt, saß neben der Leiche. Er schwieg. Von Zeit zu Zeit wischte er sich den Schweiß von der Stirne. Keine menschliche Seele war nahe.

Ohne ein Wort untereinander gewechselt zu haben, erreichten Herr und Knecht den Galgen. Wendelin sprang ab, aber zugleich auch der Müller. Er hatte die Leiche des Kornergeorg auf seine Schulter geladen.

»Wollt Ihr es tun?« fragte Wendelin.

»Ja, laß es mich tun, ich bin der Stärkere«, entgegnete Reinbacher. Und schon stieg er, die Bürde auf seiner Schulter, den Galgenhügel hinan.

Wendelin wartete. Es dauerte ihm lange. Sein Herz pochte hörbar. Endlich kam Reinbacher zurück, bleich, verstört, wie ein Betrunkener auf seinen Füßen taumelnd. »Ist es geschehen?« fragte Wendelin. – »Ja, ja, er ist wieder am alten Orte«, erwiderte der Müller, »und nun nach Hause.«

Der Mond, der diese letzte Zeit hindurch hinter Wolken verborgen gewesen, trat noch einmal bleich und groß hervor und ging unter. Die Heimfahrt ging abermals still vonstatten. Auch diesmal begegneten sie keiner lebendigen Seele. Als der Reinbacher sein Haus hinter den Weiden erblickte, seufzte er tief auf und murmelte: »Gott sei gedankt, die Mühle geht noch, und alles ist beim alten. Er aber ist dort, wo er war. Das alles ist ein abscheulicher Traum gewesen. Künftighin laß ich hangen, was hängt.«

Er stieg ab und ging in sein Zimmer, wusch sich, und während Wendelin sich im Hofe noch allerlei zu schaffen machte, um jede Spur der Tat zu entfernen, sank der Reinbacher in einen tiefen, langen Schlaf.

Am Morgen, der diesen Ereignissen folgte, saß der ehrenfeste Bürgermeister von Nienburg, Ruprecht Scipio Balbus, mit Frau und Tochter beim Frühstück. Er war in Hemdsärmeln und bloßem Kopfe; seine Perücke, das Symbol seiner Würde, hing unweit auf dem Perückenstock, und der kleine Barbier des Ortes war eben daran, die letzte Locke zu ordnen, denn es war heute Gerichtstag.

Dem Gesichte des Bürgermeisters hatte das Bewußtsein einer hohen Stellung und eines unermeßlichen Einflusses unverwischliche Züge eingegraben. Er war ganz Würde, ganz Adel, ganz Dekorum. Klein und dick, von apoplektischem Habitus, rotwangig und rotnasig war der ehrenfeste Herr, und sobald eine Sache nicht ganz nach dem Wunsche des Amtes und der hohen Obrigkeit gehen wollte, brauste eine cholerische Natur hervor, die die Röte seines breiten Gesichts bis ins Violette steigerte, was das Gemüt der Seinigen jedesmal mit den lebhaftesten Befürchtungen erfüllte.

Eben war der Bürgermeister daran, sein Frühstück, das aus einem kalten Kapaun und einer Flasche Franzwein bestand, zu beendigen, als der Gerichtsdiener Süpple eintrat und salutierend stehenblieb.

»Euer Ehren«, meldete er nach einer Pause mit allen Zeichen großer Bestürzung, »ich komme von wegen des Kornergeorgs –«

»Sich verantworten?« schrie der Bürgermeister, indem sein Gesicht schon in Zorn zu erglühen begann. »Sich verantworten? Eurer schmählichen Unachtsamkeit ist es zuzuschreiben, wenn es den Kameraden des Gehenkten gelang, seinen Leichnam zu stehlen. Doch das alles ist Unsinn. Was soll daraus werden?«

»Herr Bürgermeister ...«, hob der Gerichtsdiener wieder an. – »Nun, nun, davongeflogen kann er nicht sein«, fiel Scipio Baibus dem Gerichtsdiener in die Rede und fuhr gereizt fort: »Oder wollt Ihr mir einreden, der Teufel habe ihn davongetragen? Es gibt Leute, die dumm genug sind, das zu glauben. Der Barbier zum Beispiel dort glaubt fest daran – wir aber sind aufgeklärte Beamte, wir wittern ein Komplott von Spießgesellen des Kornergeorg und werden die genauesten Nachforschungen anstellen, um es herauszukriegen, welche verruchte Hand das getan. Ja, wir wittern ein Komplott, und Ihr selbst mögt nachdenken, wer Euch Geld gab, um in die Schenke zu gehen und zu trinken, anstatt auf Eurem Posten zu bleiben und die Leiche zu bewachen.«

»Scipio, mein Gatte«, rief die Frau Bürgermeisterin, »erhitze dich nicht!«

»Mir Geld gegeben, um ins Wirtshaus zu gehen?« rief der Gerichtsdiener. »Gott, mein Gott, wer soll mir Geld gegeben haben? Wer, wer? Niemand hat mir Geld gegeben. Wer aber hat auch je auf dieser Welt gehört, daß man einen Toten stiehlt? Wäre der Galgen fort, wunderte sich keine Seele, der gibt einen Bodenbalken oder Brennholz. Aber ich war nur ein Viertelstündchen in der Schenke, um mich zu restaurieren! Ich bin ein Mann von Gefühl, ich kann dergleichen nicht gut sehen – kurz, ich mußte ein Glas darauf trinken. Der Teufel aber ist klug, er benutzte die Zeit –«

»Der Teufel, der Teufel!« rief Balbus. »Und was soll der mit der Leiche wollen? Die Seele hat er ja ohnehin.« – »Freilich, freilich«, antwortete der Gerichtsdiener, »dem Teufel selbst mochte der Kerl zu schlecht sein, und darum hat er ihn auch wieder zurückgebracht!«

Dem Barbier fiel das Brenneisen aus der Hand. »Was zurückgebracht? Unsinn!« rief Balbus. – »Der Kornergeorg, Euer Ehren, ist wieder da!« – Der Bürgermeister sprang auf die Füße. »Lebendig?« rief er. – »Lebendig? Wieder lebendig geworden? Das wäre selbst dem Teufel zuviel!« rief Süpple. »Er ist da, das heißt, er hängt wieder, wo er gehangen!«

»Geht, geht, schon wieder betrunken am frühen Morgen!« »Mein Gott, mein Gott«, jammerte der Gerichtsdiener, »ich sage: der Kornergeorg ist wieder da, wo er war.«

»Dann war er vielleicht gar nicht fort? Oh, ich wittere ein Komplott, ein Komplott!«

»Er war fort«, flüsterte der Barbier im Tone der größten Bestürzung herüber, »ich habe mir ja selbst die Stätte wiederholt angesehen.«

»Er ist fort und ist wiedergekommen«, sprach Süpple. »Wiedergekommen? Esel!«

»Beinahe wiedergekommen, Euer Ehren«, erwiderte Süpple, »aber seine Kleidung ist eine ganz andere. Man kann sagen, er hat sich umgekleidet. Er hat andere Hosen an, eine Jacke, und statt seiner Socken trägt er jetzt starke Wasserstiefel.«

»Wasserstiefel?« rief der Bürgermeister in äußerster Verwunderung aus.

»Dazu hat er am Kopfe eine Wunde, die Hirnschale ist ihm gespalten.«

Die Frau Bürgermeisterin war einer Ohnmacht nahe. Balbus rieb sich heftig die Nase, was bei ihm immer das Zeichen der Ratlosigkeit, großer Verwirrung und der Geistesanstrengung war, ein schwieriges Problem lösen zu wollen.

Endlich rief er: »Meine Perücke, meinen Degen! Da muß ich selbst hinaus, um nachzusehen und einiges Licht in die Sache zu bringen.« Der Barbier und der Gerichtsdiener eilten durchs Zimmer, um den Herrn mit den Insignien seiner Würde zu bekleiden.

Aber schon waren auffällige Schritte und Stimmen verschiedener Menschen im Hause hörbar. »Der Kornergeorg ist unten!« rief die gellende Stimme des Stadtschreibers zur Türe herein. Der Kopf, der dabei sichtbar ward, war gleich wieder verschwunden.

Der Kornergeorg war in der Tat, von einer zahllosen Menschenmenge, aus Kindern und Erwachsenen, Frauen und Männern, Bürgern und Plebs bestehend, umringt, auf das Rathaus gebracht worden. Noch am selben Tage fand die Untersuchung durch den Stadtarzt und das Gerichtspersonal statt, und alle Organe der Justiz wurden aufs neue in Bewegung gesetzt, um nach dem Rätsel des Verschwindens des Kornergeorgs noch das viel wunderbarere des Wiedererscheinens desselben zu erklären.

*

In der Mühle hatten sich seit jener Nacht, in welcher die Leiche des Kornergeorg fortgebracht wurde, die Stimmung und Haltung zweier Bewohner sehr verändert. Der Müller und der sonst so lustige Wendelin gingen ernst und beinahe düster umher; den Müller besonders sah man oft lange sinnend am Fenster stehen oder brütend auf einem Stuhle sitzend, was er früher bei seiner Gewohnheit, sich stets zu beschäftigen, nie getan. Er hatte wohl seit jeher eine Anlage zum schwärmerischen Nachdenken und den verlockenden Hang, sich in sich selbst zu vertiefen. Jetzt artete beides augenscheinlich in Tiefsinn und Schwermut aus. Er empfand eigentlich keine Reue über seine rasche, blutige Tat, denn er glaubte zu ihr vollkommen berechtigt gewesen zu sein, wohl aber erfüllte ihn eine Art von Zorn über den Weltlauf, der eine wohlgemeinte, aus dem edelsten Gefühle hervorgegangene Tat mit Grauen weitergeführt und eines rechtschaffenen Mannes Hand plötzlich mit Blut befleckt hatte. Nicht der Totschlag war es, den er beklagte, sooft sich in das unheimliche Gewühl seiner Empfindungen ein schweres, stechendes Reuegefühl mischte. Er bereute nichts, als daß er, von einer fast schwärmerischen Herzensgüte verführt, an einem elenden verworfenen Gesellen gut wie ein Vater hatte handeln wollen. Sooft er sich dessen erinnerte, stieg sein Blut kochend empor; dieselbe sittliche Entrüstung, derselbe Schauder über menschliche Heimtücke, die ihn an der Stalltür übermannt und ihm die Hebestange in die Hand gegeben, stellten sich in seinem Inneren wieder ein. Er fühlte, daß er so habe handeln müssen und daß er die Tat vorkommenden Falles, was er sich auch im voraus dagegen sagen möge, wiederholen würde.

War demnach sein Gewissen auch ruhig und ohne Vorwurf, so war doch die Hälfte seiner Seele umnachtet, verdüstert, verstört, in Zwiespalt auseinandergerissen. Es war ein gewaltiger Riß hineingekommen in die nicht mehr biegsame, fest gewordene Weltanschauung des bejahrten Mannes.

Er sagte einmal zu Wendelin: »Wie habe ich am Hinrichtungstage gegen die Todesstrafe gesprochen, das heißt mit anderen Worten, wie habe ich dagegen gemurrt, daß man einen Kornergeorg an den Galgen gebracht! Durch eine wunderbare Fügung ist es so geworden, wie ich wollte. Der Tote wurde belebt in meine Hand gegeben. Gräßliche Heimsuchung des Himmels oder der Hölle! Ich selbst mußte die Todesstrafe an ihm vollziehen, ich selbst mußte eilen, ihn wieder zu hängen!«

Das war die rein innerliche psychologische Seite, von welcher, freilich bis an den Kern des Daseins, der Müller angegriffen wurde. Mitten hinein schlug auch noch oft eine ganz äußere Seite ein: die Betrachtung, was die Welt wohl sagen würde, wenn sie von den geheimnisvollen Vorgängen unterrichtet wäre. Damit ist gar nicht gesagt, daß den Müller, was so natürlich gewesen wäre, gemeine Furcht vor Verantwortung beschlich, trotzdem er wohl wußte, daß sich im gegenwärtigen Augenblicke das Gericht und alle Welt den Kopf zerbreche, wie der Gehenkte fortgekommen und in anderer Gestalt erschienen. Diese Furcht hatte er nicht, obwohl er erfuhr, daß alles aufgeboten werde, um hinter das Geheimnis dieser Vorgänge zu kommen. Die ganze Auffassung seiner Tat widersprach dieser Furcht gänzlich; auch lag es nicht nahe, anzunehmen, daß durch irgendwen oder irgendwas ein Verdacht auf ihn fallen könne. Die Kleidungsstücke, die der Kornergeorg von dem Müller erhalten und die er am Leibe gehabt, hätten allerdings auf die Spur führen können. Im vorigen Jahrhunderte aber lag diese Gefahr nicht so nahe. Die Kriminalprozedur damaliger Zeit war roh und unwissend. Sie verschmähte die Beihilfe der Wissenschaft und richtete dort, wo sie zum Beispiel Vergiftungsfälle annahm, mit dem Schwerte, ohne den Tatbestand durch die chemische Retorte erwiesen zu haben; sie kannte auch die Öffentlichkeit der Verhandlungen nicht, die den Verbrechern später so gefährlich werden sollte, indem sie Zeugen hervorzauberte, wo sie niemand ahnte. Das ganze Gerichtswesen stand auf einer niederen Stufe, und so ist es erklärlich, wie ein schlichter Mann sich nicht ängstigte, durch ein paar Kleidungsstücke verraten zu werden, die abgetragen, gewöhnlich, nach dem Schnitte aller übrigen im Lande und ohne besondere Kennzeichen waren.

So vergingen die Tage. Wendelins Benehmen seinem Herrn gegenüber blieb indes das schönste und teilnehmendste. Er sprach unaufgefordert kein Wort über das Vergangene, war aber, sooft in der Stille der Nacht das Gespräch auf den wunden Punkt im Leben des Müllers geriet, stets eifrigst bemüht, diesen zu trösten, zu beruhigen und ihm den Ausgang günstig darzustellen. Dabei war der arme Bursche innerlich mindestens ebenso unruhig als sein Herr. Er machte sich den Vorwurf, an dem ganzen Unglücke schuld zu sein, weil er ihn ganz wider dessen Willen an jenem verhängnisvollen Morgen auf den Schauplatz der Hinrichtung geführt.

*

Vier Wochen nach jener verhängnisvollen Nacht saß der Müller mit Wendelin am Tische und ordnete allerhand Rechnungen, als plötzlich der Gerichtsdiener Süpple eintrat und, ehe er noch grüßte, zur Türe hinausrief:»Bleibt nur draußen!« Dieser Zuruf galt drei anderen Polizeidienern. Wendelin erbleichte. Die Knie versagten ihm, als er aufstehen wollte, den Dienst. Der Müller aber erhob sich ruhig und trat auf den Gerichtsdiener ruhig und gleichsam unbedenklich zu.

»Lieber Herr Gevatter«, hob der Süpple sehr höflich, ja gemütlich an,»eine Geschichte – o ich wollte, der Teufel hätte den Kornergeorg gar nicht wieder zurückgebracht –«

»O weh!« rief Wendelin aus und fiel mit dem Kopfe auf die Arme. Der Gerichtsdiener fand dies auffallend und sagte zum Müller, dessen Haltung sich inzwischen ganz gleich geblieben war:»Um Gottes willen, ich will nicht glauben, daß Ihr etwas davon wißt? Es täte mir sehr weh, als ob ich es selbst wäre. Ich bitte Euch, sagt mir, ob Ihr bei dem Verschwinden des Kornergeorg ganz reine Hand habt? Denn seht, Euer Schuster, der verfluchte Dornstedt, behauptet, die Wasserstiefel, die der Kerl anhatte, seien die Eurigen.«»Sie sind meinem Herrn gestohlen worden!« schrie Wendelin, herbeispringend, auf.

»Desto besser, desto besser!« sagte Süpple zum Müller gekehrt, welcher wie früher ruhig und still blieb.

»Es sind uns noch andere Sachen gestohlen worden!« rief Wendelin wieder und wollte fortfahren, als ihn der Müller bei der Hand nahm und beiseite schob.

»Mische dich nicht darein!« sagte er. Dann fragte er wieder den Gerichtsdiener: »Was wollt Ihr denn bei mir?«

»Lieber Herr Gevatter«, war die Antwort, »der Herr Bürgermeister hat den Befehl gegeben, daß wir Euch auf das Amt bringen, damit Ihr Euch verantwortet oder – was sage ich, verantworten? Was kann's für einen Spektakel eines toten Lumpen wegen geben? – damit Ihr es aufklärt, ob die Stiefel Euch gehören oder nicht!«

Wendelin war außer sich in starrer Verzweiflung.

»Sei kein Narr«, redete ihn der Müller an, »besorge die Rechnungen. Ich will aufs Amt inzwischen.«

Der Müller nahm Rock und Hut und wollte gehen. Da faßte Wendelin schmerzlich seine Hand, küßte sie und fragte leise und schmerzlich: »Kommt Ihr wieder?«

Der Müller lächelte seltsam, antwortete: »Besorge die Rechnungen!« und verließ, Wendelin trostlos zurücklassend, mit Süpple die Stube.

Kaum war der Verhaftete auf das Rathaus gebracht, so wurde er schon vor den Bürgermeister geführt. Das erste, was dem Müller in der Amtsstube in die Augen fiel, waren die Wasserstiefel, die an der Mauer standen. Dieser Anblick brach die bisherige düstere, ernste Ruhe seines Gemütes. Er tat den Ausruf: »Ja, das sind sie!«

»Was?« fiel der Bürgermeister ein. »So hat der Schuster recht? Sprecht, redet! Ihr kennt die Stiefel? Gott weiß, ich glaubte, der Mensch irrt sich.«

»Es sind meine Stiefel!« sagte der Müller.

Balbus richtete sich auf. »Reinbacher«, sagte er, indem sich sein ganzes Gesicht mit Purpurröte übergoß, »Ihr geltet im ganzen Lande für einen braven Mann – seid Ihr gar in die Geschichte involviert? – Gesteht alles – leugnet nichts – es hilft nichts – wir kommen hinter alles!«

Der Müller, in strammer Haltung, antwortete mit fester Stimme: »Ich komme nicht, um zu leugnen. Was ich getan, war recht vor Gott, und so wird es wohl auch recht vor den Menschen sein. Ich habe den Gehenkten abgeschnitten.«

»Ihr habt den Gehenkten abgeschnitten?« rief der Bürgermeister. »Ihr, ein so kluger Mann? Zu welchem Unfuge habt Ihr Euch hergegeben?«

Der Müller antwortete: »Es geschehe mir, was mir geschehen kann. Ich will mich nicht durchwinden, will mich nicht durchstehlen, ich bin ein redlicher Mann. Hört es, ich erkläre es feierlich: Ich habe den elenden Mörder da abgeschnitten, totgeschlagen und wieder aufgehängt.«

»Ihr?« rief Balbus. »O Graus! O Schrecken! Und zu welchem Zwecke? Totgeschlagen? Ihr redet irre!«

»Ganz und gar nicht«, antwortete der Müller. »Wollte der Himmel, ich redete irre und im Traume! Der Elende hat meinen Frieden mit fortgenommen, er hat mich zum Zweifler an der Vorsehung gemacht, er hat in mir alles umgeworfen, was ich für gut hielt, alles, was ich für den Nebenmenschen empfand. Heute – heute könnte ich in der Mitte eines Kirchhofes stehen, wo ein Pochen und Winseln der Toten aus allen Gräbern ertönte – ich mache keinem wieder auf!«

»Ihr seid übergeschnappt!« rief der Bürgermeister, dem der allerdings wunderbare Zusammenhang noch nicht klar sein konnte, ängstlich aus.

»Ich bin nicht übergeschnappt«, entgegnete der Müller mit einem bitteren Lächeln um den Mund, »weil ich nicht lügen will, noch kann. Aber man muß an Wunder glauben, wenn man diese Geschichte hört. Sie ist aber darum doch wahr und doch geschehen.« Hier erzählte der Müller die bekannten Ereignisse seit dem Hinrichtungstage bis zu dem Augenblicke, wo er die blutige Leiche an den

Galgen gehängt. Er erzählte treu und genau nach dem Hergange und schloß:»Sagen Sie nun, Herr Bürgermeister, ob jemand an der Stalltüre anders gehandelt hätte als ich! – Was hätten Sie getan?«

Der Bürgermeister, der die Erzählung mit Ausrufen der höchsten Verwunderung und zuweilen des Grauens unterbrochen hatte, antwortete in bezug auf den Schlußsatz:»Was ich getan hätte? Erstlich den Lumpen hängen und zappeln lassen, oder, wenn er schon abgeschnitten war, sofort alles zur Anzeige gebracht und somit alle Greuel in der Mühle erspart.« – Der Bürgermeister lächelte sich über diese überaus kluge und pfiffige Handlungsweise hoffärtig selbst Beifall zu. Er war unfähig, die genialen Beweggründe einer größeren Natur aufzufassen. Dann sagte er zum Müller, der ihn, fast als ob er einen Affen vor sich hätte, mit verächtlichem Schweigen betrachtet hatte:»Ihr habt Euch da in eine gräßliche Geschichte gestürzt! So weit also brachte Euch die Anteilnahme für einen Schurken, der Euch schon dereinst an öffentlichem Orte, am Wirtstische, zum Tadel einer hohen Regierung und ihres Prozeßverfahrens verführte? Ja, ja, so führt uns eines zum andern; man beginnt mit ein paar frechen Bemerkungen und schließt mit Mord und Empörung. Übrigens erzählt Ihr das alles, wie es nur Euer Ankläger erzählen sollte. Es gibt viel Auswege, wenn Ihr sie nur zu benützen verständet. Ich als Amtsperson kann Euch keinen Rat geben, Ihr werdet hoffentlich noch anders sprechen, sobald sich die Aufregung legt, die man jetzt aus jedem Eurer Worte heraushört. Ich will deshalb das Verhör erst in ein paar Tagen folgen lassen. Eines aber sage ich Euch: ein Totschlag liegt zum mindesten vor. Bleibt Ihr aber dabei, daß Ihr die Hebestange längere Zeit gehalten und nicht gleich bei Entdeckung des Pferdediebstahls, in der ersten Hitze der Aufwallung, ohne Besinnung auf den Kerl losgeschlagen – dann ist es weit schlimmer – dann gibt es einen Mord!«

»Mord?« rief der Muller, von Schrecken und Überraschung bewältigt, und setzte gelassen hinzu:»Der Kerl war doch vogelfrei!«

»Nun, nun –«, antwortete Balbus,»ich weiß nicht – vielleicht doch nicht – läßt sich nicht so leicht sagen! – Ein solcher Fall ist noch keinem Richter vorgelegen. Merkt Euch nur, was ich sagte: es könnte Euch an den Hals gehen!«

»An den Hals?« wiederholte der Müller tonlos.

»Ihr kennt die hochnotpeinliche Gerichtsordnung sehr wenig«, sagte der Bürgermeister, das Gesicht auf das ernsthafteste und bedenklichste verziehend, »ja, an den Hals!«

»Dann aber«, rief der Müller im höchsten Affekte, »dann aber wird auch die Himmelsdecke nicht so fest sein, daß sie nicht über alledem einstürzt!«

Er verließ, von dem Gerichtsdiener begleitet, die Amtsstube und wurde in festen Gewahrsam gebracht.

*

Die Aussagen des Müllers über den Gehenkten, die sich schon am folgenden Tage in der Stadt und deren Umgebung verbreitet hatten, konnten nicht verfehlen, einen unermeßlichen Eindruck auf das Publikum zu machen. Die Aufregung war fieberhaft groß. Das Schicksal des Müllers aber, den jedes Kind kannte und der weit und breit allgemeiner Achtung genoß, war der Gegenstand allgemeinen Anteils. Was würde mit ihm geschehen, war die allgemeine Frage. Die untere Menge und alle Gefühlsmenschen in den gebildeteren Sphären waren vom größten Mitleid erfüllt und erwarteten Straflosigkeit oder eine so geringe Strafe, die ebensoviel wie Straflosigkeit wäre. Selbst jene, welche die Handlungsweise des Müllers bedenklich, willkürlich und sehr unaufgefordert fanden, neigten sich zu einer ziemlich milden Ansicht.

Als aber einige Herren vom Rathause da und dort die hochnotpeinliche Meinung aussprachen, die der Herr Bürgermeister dem Müller bei dessen erster Vorführung kundgegeben, erschrak alles über die Strenge und barbarische Starrheit des Gesetzes. Ein allgemeines Murren, das bis zum Schimpfen und bis zur Drohung ausartete, brach im Volke los, obwohl kein Urteil noch gefällt war. Diese Stimmung des Volkes hielt andauernd mehrere Tage lang an, so daß der Herr Bürgermeister es für gut befand, bei der Landesregierung anzutragen, daß der gefangene Müller einem entfernteren Kriminalgerichte zur Untersuchung übergeben werde.

Für den Fall, daß dieser Antrag gutgeheißen würde, wurde das Amt Rehburg vorgeschlagen, das zugleich ein fester Ort war. Dieser Vorschlag wurde höheren Orts gebilligt. Der Bescheid der kurfürstlich-hannoverschen Regierung langte kurz darauf an und befahl die Übersiedlung des Angeklagten nach dem Schlosse Rehburg.

Am Abend desselben Tages, an welchem dieser Befehl eingetroffen war, fuhr ein offener Wagen, mit fünf wohlbewaffneten Soldaten besetzt, in den Hof des Rathausgebäudes ein. Der Müller, mit Ketten belastet, wurde herausgeführt und mußte in der Mitte der Soldaten seinen Platz nehmen. Bald bewegte sich der Wagen und bog in ein ödes Seitengäßchen ein, um auf einem Umwege auf das heimlichste aus der Stadt herausgeführt zu werden.

Diese Anstalten blieben aber nicht so ganz geheim, als man glaubte. Dem Rathause gegenüber war seit Einbruch der Dämmerung ein junger Mensch auf den steinernen Stufen eines Brunnens in stiller Trauer gesessen. Es war Wendelin. Seitdem der Müller in Haft war, irrte er fast täglich wie ein Geist in der Nähe des Rathauses umher; besonders in der Dämmerung, bis tief in die Nacht hinein, hätte ihn ein aufmerksames Auge oft erspähen können. Da ihm verwehrt war, mit seinem Herrn zu sprechen, war es ihm schon eine Beruhigung, den Schimmer seines Lämpchens durch das vergitterte Fenster herabstreifen zu sehen, und allerhand Gedanken und Pläne der Befreiung beschäftigten ihn fortwährend, ohne daß er es jedoch hierin zu irgendeinem festen Entschlusse bringen konnte.

Nun sah er den Wagen, die Soldaten, sah die durch die Nacht geheimnisvoll umherirrenden Lichter, hörte leise gewechselte Worte, endlich Schritte und den Klang von Ketten, ein nächtiges, seltsames Treiben. »Das ist er! Sie bringen ihn heimlich um!« rief er, seiner Sinne vor Schrecken kaum mächtig, als er die stämmige Gestalt seines Herrn langsam die Treppe herabschreiten sah. Seine geängstigte Seele setzte sogleich das Schrecklichste voraus.

In der Gaststube des »Silbernen Hirschen« waren noch alle Tische von den zurückgebliebenen Besuchern des morgens abgehaltenen Marktes besetzt. Man hörte Lärm und Gelächter. Wendelin stürzte auf das Haus los, bleich, verstört, atemlos, riß die Türe auf und rief mit dröhnender Stimme: »Heraus, Leute, heraus! Man führt den Müller heimlich zum Tode! Kommt! Mir nach! Mir nach!« Er verschwand sogleich wieder. In wilder Bewegung erhob sich alles. Jeder ergriff als Waffe, was er nur konnte. Das Wirtshaus war in einem Moment von allen Gästen gesäubert.

»Mir nach! Mir nach!« rief Wendelin, und alle folgten.

Der Umweg, den der Wagen durch das Seitengäßchen genommen, war verhängnisvoll. Noch innerhalb der Stadt, unfern dem Tore, wurde der Wagen eingeholt und plötzlich von einem Haufen umstellt. Die Leute waren alle noch in der ersten Hitze des Affekts, bar der Überlegung. Sie fielen den Pferden in die Zügel und rissen den Kutscher herunter. Die Soldaten stellten sich, überrascht herbeispringend, zur Wehre. Wendelin, bisher immer allen übrigen voran, wandte sich zu dem Haufen, der immer mehr anschwoll, und rief: »Leute, Freunde, sprecht! Wollt ihr euren Mitbürger, einen Ehrenmann, so vieler Leute Freund und Wohltäter, sterben lassen? Habt ein Herz, habt ein Erbarmen! Befreit ihn, gebt ihm Mittel zur Flucht!«

Die Wut, die in Wendelin brannte, schlug in die Herzen der jüngeren Leute ein. Alle drängten heran. Wendelin entriß sofort einem der Soldaten den Säbel, stieß ihn beiseite, während das Menschengewühl rings heranstürmte, so daß die Vorderreihe die übrigen Soldaten fest an den Wagen drückte und wehrlos machte.

In diesem Augenblicke erhob sich der Müller im Wagen und begann zu sprechen, ohne daß seine Worte bei den Zurufen, die ihm galten, und den Flüchen, die die Behörden trafen, vernehmlich wurden.

»Du bist frei!« rief Wendelin, auf den Wagen springend und die Hände seines Herrn fassend.

»Rasender«, fuhr ihn der Müller an, »was soll das? Und ihr unüberlegten Leute! Was soll mir das helfen? Fort, nach Hause! Stürzt euch nicht ins Unglück und vergrößert nicht das meinige!« Die so mit volltönender Stimme gesprochenen Worte brachten den zornigen Menschenhaufen für einen Moment zur Besinnung. Man wich zurück, der Lärm legte sich etwas, aber Wendelin, ohne den Müller loszulassen, blieb auf dem Wagen stehen und schrie laut: »Er weiß nicht, was er spricht! Kommt, nehmt ihn, tragt ihn fort!«

Da griff einer der Soldaten, die sich bisher von der Übermacht zurückgedrängt gefühlt, nach Wendelin und riß diesen herunter. Wendelin aber sprang empor und hieb mit dem Säbel nach dem Soldaten, daß er blutend zusammenbrach. Auf den Schrei des Getroffenen hin erwachte die Wut der Kriegsleute. Einer schoß seine Pistole auf Wendelin ab, sie traf ihn nicht, doch das Signal war gegeben. Ein wildes Handgemenge begann. Es dauerte nicht lange. Die Soldaten wurden umringt, zu Boden geworfen, geknebelt. Ihre Flinten, in die Luft abgefeuert, gaben der ganzen Szene den Charakter einer kleinen Schlacht.

Wendelin war in der Mitte des Kampfs wie durch ein Wunder unverletzt geblieben. Er war wie außer sich. Er hatte mit dem Säbel, den er führte, manchen Hieb ausgeteilt und seine Kameraden fortwährend durch lauten Zuruf angefeuert.

Indessen hörte man vom Rathause her Reveille blasen. »Macht, daß ihr fortkommt!« rief eine barsche Stimme Wendelin und dem Müller zu. »Gleich wird es, wenn ihr zaudert, euch nachknallen und nachblitzen!«

»Hast recht, Kamerad!« rief Wendelin. »Ich bringe den Müller in Sicherheit. Und wenn ein redlicher Kerl nach allem, was heute geschehen, eine Zufluchtsstätte nötig zu haben glaubt, er findet sie in der Mühle am Höft.«

Er hatte Peitsche und Zügel erfaßt und sauste davon. Jetzt erst, da er sich, seinem Herrn zukehrte, sah er, daß dieser stumm und totenblaß in der Ecke des Wagens saß. Er war ohnmächtig geworden. War er verwundet? Hatte ihn die Kugel des Soldaten getroffen, die für Wendelin bestimmt war? Oder war nur die Gemütsbewegung und der Wechsel der Luft nach langer Haft schuld? Wendelin konnte sich vorerst nicht darüber Gewißheit verschaffen, er mußte die Pferde antreiben, um noch durchs Tor zu kommen und seinen Feinden zu entfliehen. Es gelang.

*

Als der Müller aus seiner tiefen Ohnmacht erwachte, sah er sich wieder in seiner Mühle. Es war Nacht, das Wasser rauschte, eine Lampe brannte unfern, er lag ausgekleidet im Bette und hatte ein nasses Tuch auf der Brust. Zu seinen Füßen saß Wendelin.

Nun erst spürte der Müller einen stechenden Schmerz in der Schultergegend, und dieser Schmerz rief ihm alles soeben Erlebte ins Gedächtnis. Er richtete sich ein wenig auf, wodurch Wendelin aufmerksam wurde, und sagte zu diesem im Tone milden Vorwurfs:»Was hast du getan?« –»Was ich jetzt wieder täte, wenn es noch zu tun wäre«, erwiderte Wendelin.»Wart Ihr nicht dem Tode geweiht? Sollte ich Euch in den Tod führen lassen?«»Du hast die Obrigkeit angetastet!«

»Mag sein!« rief Wendelin.»Eine Obrigkeit, die an Euch schon so Unmenschliches vollbracht und noch Ärgeres vollbringen wollte, mag zum Teufel fahren!«

»Und du glaubst, Narr, ihr auf die Länge Trotz bieten zu können?« fragte der Müller mit schwacher, beinahe verlöschender Stimme. –»Warum nicht?« rief Wendelin.»Werdet nur heil und gesund, teurer Meister, dann sollen sie uns nicht einschüchtern, dann soll noch alles gut gehen! Doch sprecht kein Wort, das bekommt Euch nicht gut – der Arzt wird gleich dasein.«

»Du wirst als Opfer deines tollen Kopfs fallen«, lispelte der Müller schmerzlich.

»Vorderhand fürchte ich mich noch nicht«, erwiderte Wendelin. »Wir haben die Brücke abgebrochen und sind nun auf unserer Insel so sicher wie in einer Festung. Schwer dürfte es ihnen fallen, wenn sie uns aushungern wollten. Vorräte sind genug da: Korn, Bier, Vieh in den Ställen. Wir könnten uns selbst ohne Zufuhr vom Lande monatelang halten. Meint Ihr, daß sie eine Belagerung beginnen, die ihnen manchen Mann kosten dürfte? Die Mühlknappen vom Höft sind bewaffnet und gute Schützen. Ich stehe dafür, sie bieten uns Kapitulation an!«

Der Müller, vom Blutverlust erschöpft, gab keine Antwort. Er war von der Größe der Kluft, die sich vor ihm auftat, erschreckt.

Die Tür ging auf, der Bader, den man aus dem nächsten Dorfe geholt und im Kahne herübergeführt hatte, war da. Er hatte seine Instrumente mitgebracht und untersuchte die Wunde. Eine Kugel stak im Schulterknochen, hatte aber zum Glück die großen Gefäße im Achselbug nicht getroffen. Das Blei wurde herausgezogen, und nachdem der Verband angelegt worden war, ließ man den Müller allein. Bald sank er in einen tiefen Schlaf, erschöpft von Schmerz, Gemütspein und Blutverlust.

Inzwischen war nur allzu gewiß, daß die Mühle am Höft nicht lange in diesem Zustande der Ruhe bleiben werde. Es galt, sich zu rüsten. Wendelin hatte bereits auf den beiden äußersten Punkten der Insel Schildwachen ausgestellt, welche auf alles, was auf den Ufern sich begeben würde, achten sollten. Er verteilte, was sich an Waffen im Hause vorfand, Hakenbüchsen, Dreschflegel und Sensen. Alles war vorerst noch frohen Mutes und freute sich, daß der Herr wieder da war. Der Arzt hatte gute Hoffnung gegeben. Alle versprachen, die Mühle und des Müllers Leben und Freiheit, wenn es not tue, mit ihrem Blute zu verteidigen.

Als der Morgen dämmerte, gaben die Wachen Meldung. Eine Gerichtsperson, an ihrer schwarzen Tracht und mächtigen Perücke kenntlich, erschien, von einem kleinen Trupp Soldaten begleitet, am Ufer. Sie kamen von Nienburg. Da die Soldaten die Brücke abgebrochen fanden, suchten sie einen Kahn, auf dem sie übersetzen könnten. Da mochte der ehrenwerte Mann vom Gericht, der ihr Anführer war, ein paar Flinten gewahr werden, die aus den Dachluken hervorguckten. Er stellte nun die Nachforschungen nach einem Kahne ein, zog sich in eine respektvolle Entfernung, entrollte ein Blatt und las etwas vor, was vermutlich ein Befehl war, daß der Müller und Wendelin sich dem Gerichte in Nienburg zu stellen hätten. Die Entfernung ließ kein Wort davon auf die Insel gelangen, und als niemand in der Mühle antwortete, entfernte sich die Gerichtsperson, nachdem sie ihrerseits Posten aufgestellt hatte, welche die Bewegungen und Vorgänge in der Mühle beobachten sollten.

*

In den zwei folgenden Tagen wurden von Seite der bewaffneten Macht zwei Angriffe unternommen, um den Müller Reinbacher und seinen Knecht in Haft zu nehmen. Eine Landung wurde des Morgens, im Schutze eines dichten Nebels, eine andere im Schutze der Abenddämmerung versucht; sie wurden beide durch die Wachsamkeit und den Mut der Müllersknechte vereitelt, die ihren am Wundfieber darniederliegenden Herrn nicht preisgeben wollten. Die Kriegsleute wurden zurückgeschlagen und verloren sogar ihren Anführer. Er wurde von einer Dachluke aus mitten in die Stirn geschossen und sank, ohne auch nur einen Laut ausgestoßen zu haben, in den Sand. Die Müller sind in der Regel gute Schützen. Die Wasservögel, die zu gewissen Zeiten einfallen, laden zur Jagd ein, dabei übt sich Auge und Hand. Die kurfürstliche Soldateska zeigte bei dem Verluste ihres Anführers keinen besonderen Heldensinn. Anstatt um so hartnäckiger vorzudringen, wichen die Reihen. Die Kriegsleute trugen die Leiche in ihr Schiff zurück und schlugen den Rückweg ein. Seitdem ward es still um die Mühle herum, keine Gerichtsperson und kein Soldat zeigte sich, aber diese Stille war unheimlich und ängstlich. Niemand konnte sich's verhehlen, daß in den nächsten Tagen ein neuer Angriff zu erwarten sei. Der erste Mut, die erste Kampflust der Knappen war vorbei. Der und jener brütete still, wie er sich aus dem bösen Handel ziehen könne. Inzwischen hatten sich ein paar Fremde, offenbar obdachloses, landläufiges Gesindel, in die Mühle am Höft gezogen, wo sie freies Quartier und Kost und ein Leben, wie es ihnen zusagte, erwarteten. Ihre Art und Weise übte Einfluß auf den und jenen der Knechte, die nun anfingen, sich durch Trunk und Gesang zu einer wilden, gezwungenen Lustigkeit zu reizen. Es war keinem ernst, und fast allen saß es wie ein Alp auf der Brust. Die Arbeit stockte schon lange.

So vergingen in Erwartung der Dinge, die der Morgen bringen werde, Tag um Tag. Reinbacher war nach einem Wundfieber, das siebzig Stunden gedauert hatte, wieder aufgestanden. Seine kräftige Natur siegte. Bald saß er wieder im Lehnstuhl am Fenster, und Wendelin mußte ihm erzählen, was einstweilen vorgegangen, indes er in seinen Phantasien lag. Er schüttelte, als er den vollständigen Bericht gehört, traurig das Haupt, denn er sah nur Böses herankommen. Den Arm in der Binde, ließ er sich am siebenten Tage aus dem Hause herausführen und setzte sich, von seinem ganzen Hausgesinde bewillkommt, auf die Steinbank im Hofe. Die Hunde sprangen herbei, liebkosten ihn und krochen an ihm empor, daß er sich ihrer gewaltsam erwehren mußte.

Wie sich doch, dachte er, als er wieder allein war, wie sich doch eins in das andere knüpft, um eine grausige Kette zu bilden! Zuerst der Raub des Gerichteten, dann sein Totschlag. Hierauf die lange, schwere, böse Kerkerhaft und, unerwartet, da der Tod schon vor Augen stand, die gewaltsame Befreiung. Nun ist der Krieg da gegen die bestehende Gewalt. Die Sache wächst aus einem kleinen Funken, wie wenn Teufel hineingeblasen hätten. Ist man nicht oft versucht zu glauben, der Mensch mit seinem ganzen Streben werde manchmal der Spielball unheimlicher Mächte? Ich habe tadellos gelebt und werde vielleicht wie ein Verbrecher umkommen. Zum Guten ist's nimmermehr zu wenden; wie aber beugt man dem ganz Schlimmen vor?

Dazwischen fühlte er es doch noch wie eine Freude, dazusein, den blauen Himmel und die in Gold untergehende Sonne zu sehen, die reine Luft zu atmen und seinen treuen, nur allzu raschen Wendelin vor sich zu haben.

»Ich zürne dir nicht«, sprach er ihn an, »ob die Dinge auch nur durch dich so arg wurden. Du glaubtest mein Leben gefährdet, und du hast, von einem edlen Drange geleitet, fest entschlossen, mich zu retten, das Äußerste getan. Du meintest es gut. Aber jener Schuß aus der Dachluke wird sich rächen. Ich will nicht fragen, wer ihn abgefeuert; genug, daß ich weiß, daß du nicht der Schütze warst.«

In diesem Augenblicke kam ein Weib in den Hof gelaufen; sie hatte lange am Ufer gestanden und Zeichen mit einem Tuche gemacht, bis man sie herüberholte. »Meister!« schrie sie, »mein Mathes soll mit mir heimkommen, Ihr müßt ihn fortlassen! Auf Eurer Insel wird's bald nach Pech und Schwefel riechen; ich will nicht, daß der Vater meiner Kinder Euretwegen umkomme. Euch geschieht recht. Warum habt Ihr Euer Haus zum Zufluchtsorte für Spitzbuben und Galgenvögel gemacht? – Und du, flaumbärtiger Bursche«, sprach sie zu Wendelin, »wie kannst du –«

»Ihr ereifert Euch nicht umsonst, Gretel«, sagte der Müller ruhig. »Nehmt Euren Liebsten zu Euch, ich halte keinen. Wendelin, rasch, zahle dem Mathes seinen Lohn aus!«

Mathes war bei der Stimme seiner Geliebten an der Tür erschienen, und das Weib fiel nun über ihn her. »Nur zu lange«, sagte sie, »bist du da geblieben, Unglücksmensch! Schnüre dein Bündel und mache, daß du fortkommst! Bist du über dem Wasser, so sieh dich nicht um. Mögest du's nicht dein Lebtag bereuen, daß du in der Mühle am Höft gedient hast!« – Der Knecht, von der dämonischen Suada des Weibsbildes beherrscht, entgegnete kein Wort. Er stahl sich an der Mauer hin, drückte dem Müller die Hand und trollte sich fort, von Gretel begleitet.

»Eulengekrächz!« murmelte Wendelin, als sie fort waren. »Es wird Abend«, sprach der Müller. Man wußte nicht, ob es eine Antwort sein sollte. »Mich fröstelt. Ein Überrest vom Wundfieber; komm ins Haus, und die Lichter angezündet! Ich denke heute mit Dingen, die ich lange überlegt, zu Ende zu kommen.«

Nachdem er wohl eine Stunde lang in Gedanken im Lehnstuhle gesessen, ging der Müller in die Knappenstube hinüber. Dort sah es wie auf einer Wachtstube aus, so zwar, daß der Müller, der den Raum seit seiner Genesung nicht betreten hatte, sich im ersten Augenblicke darin kaum zurechtfand. Die Fenster waren ausgehoben, die Laden geschlossen und zugenagelt und ins Holz Schießlöcher hineingeschnitten. Ein Teil der Knappen lag schlafend auf den Bänken umher, andere saßen um einen Tisch und spielten Karten. Reinbacher sah Leute, die er nicht kannte; es waren Herbeigelaufene, welche angaben, sie seien durch den Auflauf in Nienburg gefährdet. In einer Ecke auf dem Herde wurden Kugeln gegossen. Das Feuer, von Zeit zu Zeit mit dem Blasebalge angefacht, warf einen grellen Schein über die dunklen, angerauhten Wände. Speere standen hie und dort in Haufen beisammen, Büchsen und anderes Gewehr hing an der Wand. Der Müller schritt langsam vorwärts, bis er an den Tisch kam, der in der Mitte stand, und sagte mit seiner vollen, kräftigen Stimme: »Die Gläser stellt weg und legt die Karten beiseite. Beides taugt nicht zu dem, was ich euch zu sagen habe.« Die Leute taten, wie er gebot, und erhoben sich gleichzeitig.

Der Müller stemmte die Hand des gesunden Arms auf den Tisch und fuhr fort: »Ihr wißt, Freunde, daß ich wider meinen Willen in mein Haus zurückgebracht wurde und daß ohne mein Wissen und Wollen inzwischen ein Krieg gegen die ordentliche Gewalt geführt worden ist. Ich will nicht untersuchen, ob wir befugt waren, so zu handeln, wie gehandelt worden ist; genug, jetzt ist's nicht zu ändern, es muß mit allen Folgen hingenommen werden. Ich danke allen, die sich aus Liebe und Treue zu mir so großer Gefahr ausgesetzt haben. Sie haben es auf ihre Art gut gemeint. Aber das alles kann nicht fortgehen, wie es bisher gegangen, und kann nicht dauern. Nur wer sich selbst was weismacht, kann glauben, daß wir imstande sind, der Macht draußen auf die Länge zu trotzen oder sie zum Frieden zu zwingen. Vor einer Woche schickte sie zehn Leute, drei Tage später zwanzig, heute oder morgen können hundert dasein. Doch das ist's nicht allein. Empörung und Unrecht soll sich nicht ausbreiten wie ein böses Geschwür oder wie ein heimlich im Gebälk um sich greifendes Feuer. Sollten wir hier wie Räuber nisten, von allen draußen verfemt, und dies Haus, in dem wir in Ehren gelebt, zu einer Mordhöhle machen, mit unserm und mit fremdem Blute befleckt? Wohin kann das führen als zu aller Verderben? Fern sei es von mir, daß ich noch mehr auf mein Gewissen nähme; was schon geschehen, drückt mich schwer genug. Drum, Freunde, ein ernstes Wort! Ich fordere euch auf, die Mühle zu verlassen. Denjenigen, welche glauben, etwas zu fürchten zu haben, will ich Mittel geben, sich über die Grenze zu retten – unter ihnen bist du, Wendelin, voran! Du wirst in einen Kahn steigen und kannst morgen schon in Bremen sein. Ihr andern –«

»Und Ihr, Meister?« scholl es dem Müller in die Rede, ehe er seinen Satz zu Ende gesprochen hatte. »Was soll aus Euch werden?«

»Ich stelle mich dem Gerichte!« erwiderte Reinbacher gefaßt.

»Er ist von Sinnen!« rief Wendelin.

»Bursche«, rief der Müller mit einer donnernden Stimme, »wirst du mir sagen, was ich zu tun habe?«

Eine lange, ängstliche Pause folgte, da erhob ein wild und zerlumpt aussehender Kerl, ein ehemaliger Schiffsknecht, der Schellenkaspar genannt, seine gellende Stimme. »Wollt Ihr mich hören, Meister Reinbacher«, sprach er. »Ihr habt gar kein Recht, uns fortzuschicken! So weit ist die Sache eingetränkt, und so muß sie weiter ihren Lauf haben. Ihr verabschiedet uns, die wir unser Leben gewagt haben, um das Eure zu retten, wollt Euch stellen und sagt zu uns: Seht, wie ihr weiterkommt! Ein sauberer Lohn das! Weil Ihr ein Narr Eurer Vorurteile seid, sollen wir darunter leiden? Weil Ihr den Krieg scheut, sollen wir die Waffen aus der Hand legen, die noch unsere Freiheit und unser Leben schützen? Wisset, daß Ihr, der einen Galgenvogel erschlagen, jetzt weniger bedroht seid und weniger zu fürchten habt als wir, die Euch befreit haben! Hier sind wir, dies Haus ist unsere Festung und Zuflucht, und wir wollen das Haus verteidigen, bis sie den letzten Balken zusammenschießen, seid Ihr dabei, mit Euch, seid Ihr nicht dabei, trotz Euch!«

Einige Stimmen wollten, als der Schellenkaspar zu Ende gesprochen, in ein Hurra einstimmen, aber des Müllers gebietender Blick und donnerndes Wort ließ sie mitten im Rufe verstummen.

»Lump, der nichts zu verlieren hat«, rief er, »du sprichst, wie du's brauchst, und wenig kümmert's dich, ob du andere mit dir ins Verderben fortreißest. Was hast du hier zu reden, herbeigelaufener Bursch, den vielleicht ganz andere Streiche zu uns geführt? Es ist nicht wahr, daß es bereits so schlimm mit uns steht und daß es keinen anderen Ausgang gäbe, als auf einem Sündenwege weiterzugehen. Der ist für dich und deinesgleichen, wohin er dich führen wird, brauch' ich dir nicht zu sagen. Meine Leute aber kenne ich, die werden nicht Räuber und Mordbrenner über Nacht, nachdem sie jahrelang brav und arbeitsam gelebt. Du gehörst nicht unter sie. Hinaus aus dieser Stube, wo ich zu reden habe! Und ihr«, wandte er sich zu den anderen, »habt acht auf ihn, denn von Leuten seinesgleichen ist das Ärgste zu erwarten.«

Der Mensch ging schimpfend hinaus, zwei andere folgten, die übrigen Knappen standen schweigend da. Es machte sich in ihnen die bessere Einsicht geltend. Alle waren weitergegangen, als sie es von vornherein beabsichtigt, und verteidigten ihre Stellung nur noch aus Liebe zu ihrem Herrn und eigentlich aus Verzweiflung.

»Welche unter euch«, fragte der Müller, »halten sich für ernstlich bedroht?« – Drei Leute traten hervor: der Mühlmeister, ein Knappe und ein uralter Müllerjunge. »Ich habe kommandiert«, sagte der erste. »Ich hieb einen Soldaten über den Kopf, daß er zusammensank«, sagte der zweite. »Ich«, sagte der »Junge«, »schoß aus dem Dachfenster –«

»Ihr erhaltet euren vollen Jahreslohn«, sprach Reinbacher, »und seht, daß ihr aus unserem kurfürstlichen Gebiete herauskommt. Die finsteren Nächte, die wir jetzt haben, und der Nebel, der jetzt auf dem Flusse liegt, werden eurer Flucht günstig sein. Habt ihr die Grenzen hinter euch, seid ihr im Hadeler Lande, seid ihr vorerst geborgen. Da werdet ihr sehen, was sie gegen euch beginnen. Ich freue mich, daß ihr alle, wie ihr da vor mir steht, kein Weib oder Kind hier zurücklaßt.«

»Und Ihr, teurer Meister«, rief Wendelin, »Ihr wollt bleiben? Nein, nein, nein! Ihr flieht mit uns!«

Der Müller schüttelte seinen Kopf.

»Der Himmel weiß es«, rief Wendelin wieder, »wenn Ihr bleibt, bleib auch ich. Ich kann Euch nicht zurücklassen!«

»Törichter, lieber Junge«, sagte der Meister, seine Hand ergreifend, »es muß sein! Du wirst mit den übrigen gehen. Laß bald von dir hören. Und nun – – leb wohl!« Er ging hinaus, während Wendelin jammernd und klagend hin und wider lief und die drei anderen still von ihren Kameraden Abschied nahmen. Nach einer kurzen Weile erschien er wieder, in der Hand einen Sack mit Geld, und zählte nicht nur den dreien, welche abreisen sollten, sondern jedem seinen Lohn auf den Tisch. »Die Mühle am Höft«, murmelte er vor sich hin, als er fertig war, »hat zu arbeiten aufgehört.«

Er war entschlossen, morgen mit dem Frühesten aufs Amt nach Nienburg zu fahren. »Es ist jetzt elf Uhr«, sagte der Reinbacher nach einer Pause. »In einer halben Stunde könnt ihr euer Bündel geschnürt und die Kähne in Bereitschaft haben. Lebe wohl, Wendelin, lebt wohl, ihr alle!« Er verließ die Knappenstube.

Es war eine schwarze, traurige, unheimliche Nacht. Von Zeit zu Zeit erhob sich der Wind mit einer seltsamen Klage und beugte die bereits winterlich entlaubten Wipfel der Bäume. Kein Stern war am Himmel sichtbar. Der Winter und eine düstere Trauer schien allen Dingen im Herzen zu liegen. Der Müller öffnete ein Fenster im ersten Stockwerk und blickte in die Dunkelheit hinaus. Er hörte, wie die, welche abreisen sollten, die Kähne bereitmachten, und unterschied in den wenigen Worten, die sie untereinander wechselten, die Stimme Wendelins, des Mühlmeisters, des ersten Knappen und des Müllerjungen. Da klirrte die Kette des Kahns, sie stießen vom Lande.

»Sie kommen durch, gewiß, gewiß«, sagte der Müller, »in dieser Nacht ist's unmöglich, daß man ihnen auflauert. Gut, daß ich den Wendelin fortgebracht habe.«

Er ging leise hinab und begab sich bis auf die Spitze der Insel. Vom Kahne war in der stockfinsteren Nacht nichts zu sehen. Der Wind kam von Norden, er brachte keinen Laut. Kein Licht, nichts, was beunruhigen konnte, war am Ufer zu sehen. »Gerettet!« sagte der Müller und ging in seine Wohnstube, ermattet durch die Auftritte dieses Tages. Dort warf er sich in seinen Kleidern aufs Bett.

*

Reinbacher war kaum eingeschlafen, als ihn ein Flintenschuß weckte. Er sprang auf die Füße und wollte Licht machen. In diesem Augenblicke sah er, daß der Morgen bereits dämmerte. Ein Mühlknappe trat ins Zimmer.

»Wer hat geschossen?« fragte der Müller.

»Ich weiß nicht«, erwiderte dieser.

Ein anderer Bursche kam herbeigelaufen und rief:»Es kommen Soldaten von Nienburg in einem großen Schiffe daher. Wollt Ihr Euch wirklich ihnen gefangengeben, Meister? Oh, daß ihr doch mit den übrigen davon wäret!«

Der Müller ging die Treppe festen Schrittes hinab, ohne irgendein Wort zu erwidern, und trat in die Knappenstube. Der Flintenschuß hatte alle, die dort lagen, auf die Füße gebracht. Sie zauderten, ob sie doch nicht nach den Waffen greifen sollten.

»Die Waffen beiseite!« rief der Müller.

In diesem Augenblicke hörte man ein wildes Hurra von vielen Stimmen ganz unfern vom Hause. Schüsse knatterten, Trommeln wurden gerührt, die Türe, die geschlossen war, wich krachend unter einem furchtbaren Schlage, der mit einem Balken geführt worden war. Ein Fensterladen flog in Trümmer, und durch Türe und Fenster erschienen Bewaffnete im Gemach.

»Hier haben wir alle!« rief eine Stimme.»Die Waffen weg! Ergebt euch, Mordgesindel!« Und von allen Seiten drangen Kriegsknechte auf den Müller und seine Knechte ein.

»Hier bin ich!« rief Reinbacher.»Es war meine Absicht, mich heute dem Gerichte zu stellen.« Zweier Hände langten nach ihm. Ein dritter Soldat brachte Handschellen.

In diesem Augenblicke war's dem Müller, als ob ihm ein Pfeil durchs Herz fuhr. Ein Mensch brach durch die Soldaten und Mühlknechte und stürmte auf den Reinbacher los. Es war Wendelin.

»Du bist noch da?« schrie der Müller.»Unglückseliger!«

»Ich konnte dich nicht verlassen, trotz deines Befehls. Dich nicht zurücklassen im Elend!« rief der Bursche.

»Der ist der Ärgste von diesen Teufeln!« rief der Anführer der Bewaffneten und schoß ein Terzerol auf den kaum auf Armesweite von ihm stehenden Wendelin ab. Wendelin fiel zu Boden, der Schuß hatte ihm den Arm zerschmettert.

In diesem Augenblicke fiel ein glühendroter Schein durch die aufgerissenen Fenster. Es war nicht das Morgenrot, wie die, die den Schein sahen, zuerst glaubten. Aus der Sägemühle, die gerade gegenüberlag, erhob sich eine flammende Lohe.

»Gerechter Gott!« schrie der Müller. »Mord und Brand in meinem Hause! Wendelin getroffen und mein Haus in Flammen!« – »Die Mühle am Höft«, sagte der Anführer der Soldateska, »hat es längst schon verdient fortzukommen.

Doch – wer hat das getan?« – »Du!« rief der Müller und wies mit der Hand, die mit der Handschelle bereits belastet war, auf die wild aussehende, zerlumpte Gestalt eines Menschen, der grinsend durchs Fenster hereinschaute. Es war der Schellenkaspar.

»Reißt die Holzschuppen nieder, daß das Feuer nicht weitergreift!« herrschte der Anführer seinen Leuten zu. »Und Ihr, Reinbacher, vorwärts!«

Alles drängte sich zur Tür hinaus und blieb vor dem Anblick des Feuers wie gefesselt stehen. In wenig Minuten stand die ganze aus Sparrwerk erbaute Sägemühle in lichten Flammen. Anfangs wehte der Wind gegen die Uferseite, bald aber drehte er sich vollständig um und wendete die Flammen gegen das Hauptgebäude. Damit war das Los der Mühle entschieden. In wenigen Minuten bildeten Haus und Nebengebäude ein zusammenhängendes Feuermeer. Mit Donnergekrach stürzte das Gebälk ein, teils aufs Land, teils ins Wasser, daß es hoch emporzischte. Trümmer desselben trieben teils rotglühend, teils in hellen Flammen den Strom hinab, bis sie allmählich verloschen.

Der Himmel war weithin feurig gerötet, und in den vom Winde gejagten, eilig dahineilenden Wolken spiegelte sich die Glut bald mehr, bald minder stark. Alle Rettungsversuche blieben erfolglos. Nach einer Stunde war der Dachstuhl der Mühle ganz verzehrt.

Bald schien der Flammenherd in sich zusammenzusinken, bald schlug die helle Lohe mit erneuerter Wut empor, dickes, schweres, dunkelschwarzes Rauchgewölk über den Fluß hinsendend.

Der Müller, kaum noch von seiner Wunde genesen, nun wieder von einem furchtbaren Schicksale getroffen, saß bleich, aber ruhig im Kahne in der Mitte seiner Feinde und sah, wie sein Haus niederbrannte. Dann wendete er sich wieder seinem treuen Wendelin zu, den sie der Länge nach hingelegt hatten. Erst als die Feuersbrunst ihrem Ende sich näherte, ergriffen die Soldaten die Ruder und entfernten sich von der Stätte des Unheils.

Stumm, finster, starr fuhr der schwergeprüfte Mann dahin, wie gefaßt darauf, daß alles in Stücken gehe, was ihm bis zum heutigen Tage das Leben wert gemacht hatte. Eine Stunde später war er wieder in seinem früheren Kerker. Im Laufe des Nachmittags wurde er unter starker Bedeckung nach Rehburg geschafft.

Der Brand selbst dauerte noch den ganzen Tag fort. Das Glimmen und vereinzelte Aufflackern des Gebälks währte bis in die Nacht hinein, und aus den Trümmern wirbelte fortwährend Rauchqualm empor. In zwei Reihen hintereinander starrten die verkohlten Pilotenstumpfe, Radüberreste und Wellbaumtrümmer aus dem Wasser empor; die Mühle selbst bot einen grausigen Anblick. Alles war niedergebrannt bis auf die Mauern, dazwischen erhob sich hie und da ein rissiger, halbzerstörter Rauchfang. Das war alles, was nach einer schrecklichen Nacht von der schönen Mühle am Höft übrig war.

*

Zwei Tage nach dem Antritte seiner Haft in Rehburg wurde der Müller wieder vors Gericht gestellt. Es gab ein langes Verhör. Zum Schlüsse sagte der Müller:»Ich glaube, meine Sache steht noch dort, wo sie ursprünglich stand. Daß ich nicht die Brücke abgebrochen, die Verschanzungen angeordnet, den Krieg gegen die Städtischen geführt, müßt selbst Ihr, gestrenger Herr, eingestehen. Der Bader, den man zu mir herübergeholt, kann Zeugnis ablegen, daß ich vier volle Tage lang im heftigen Fieber darniederlag.«

»Das wissen wir«, entgegnete der Schöffe, »und doch habt Ihr das alles mittelbar veranlaßt. In Eurem Hause wurde die Mißachtung der Obrigkeit, die Insubordination und Verachtung des Gesetzes großgezogen. Ja, ja, Müller, rollt nur die Augen! Ihr habt einen störrischen Geist, das ist im ganzen Lande bekannt, und wie der Herr ist, so erzieht er die Knechte. Ihr habt Euch schon seit den Jahren, da es sich um den Verkauf Eurer Mühle handelt, als ein trotziger, ja als ein unbilliger Mann erwiesen.«

»Ich unbillig?« fragte Reinbacher. »Keiner, ich darf es wohl sagen, hat eine höhere Meinung von Recht und Obrigkeit als ich.«

»Aber wenn Ihr davon sprecht, ist's immer, als meintet Ihr eine andere Obrigkeit als die unsrige.«

»Auch das ist nicht so«, antwortete der Müller. »Hätte ich mich, ohne nur den Arm zu heben, freiwillig gestellt, wenn ich nicht den Glauben zu Euch als zu gerechten Männern gehabt hätte?«

»Daß Ihr Euch gestellt oder vielmehr stellen wolltet, will wenig sagen«, antwortete der Richter. »Ihr tatet es, da Ihr keine Wahl mehr hattet.«

»Hoho!« rief Reinbacher empört, daß die Richter sein Verdienst schmälern wollten. »Ich traf meine Knechte, als ich mich von meinem Krankenlager erhob, noch fest entschlossen, mich und mein Haus zu verteidigen, denn das ungerechte Los, das ich vordem erfahren, hatte sie empört. Ich forderte sie auf, die Waffen niederzulegen; es war sogar Mut erforderlich, um denen, die den Kampf fortführen wollten, entgegenzutreten. Sie haben es mir mit Brandanlegung gelohnt. Ihr sagt, Herr, mir sei keine andere Wahl geblieben? Wenn die drei Knechte davonkommen konnten, konnte ich's nicht auch?«

»Ei, ei«, sagte der Schöffe, »wußtet Ihr davon? Habt Ihr gar ihre Flucht begünstigt, ihnen die Mittel geschafft? Sprecht die Wahrheit, denkt des Eides, den Ihr geschworen habt.«

»Ich hab die Flucht veranlaßt«, sagte der Müller ruhig, mit stolz erhobenem Haupte, »denn ich kenne die Justiz, und nicht jeder ist gefaßt und geduldig wie ich.«

Dies erste Verhör verschlimmerte den Stand der Sache; es blieb nicht das letzte. Wochenlang zog sich der Prozeß hin. Reinbacher blieb immer derselbe. Der Trotz auf seine Tat war eisern; der Gedanke, sich durch Lügen zu retten, erweckte in ihm einen schäumenden Zorn. Er sah ein schweres Ende heranrücken, ein so schweres, daß er es anfangs für unmöglich gehalten hätte.

Der Winter ging hin, ein langer, harter Winter; endlich kam ein warmer, schöner, sonniger Frühling ins Land. Die Felder standen grün, der Himmel war blau und hell. Reinbacher blickte durch das Gitter seines Fensters und sah die lichten Segel der Schiffe auf der Weser daherkommen, nahen und verschwinden – jedes wie eine falsche Hoffnung! Da stand er, der einst reiche, wohlangesehene, noch immer stolze Mann, gefangen, im selben Schlosse mit Räubern, Dieben und Falschmünzern. Wie hätte er sich's je träumen lassen, so elend zu werden, als er jetzt war! Verarmung durch Feuer, Krieg, Beraubung, Not, Krankheit hatte er, wie jeder Mensch, als Möglichkeiten im Leben erwarten können – aber ein solches Los! Und was war seine Schuld gewesen? Seine Menschlichkeit ursprünglich, seine Empörung über Undank später, sein rasches Blut, jetzt seine Wahrhaftigkeit! Mehr Herzenskälte und wieder mehr Fügsamkeit und weniger Wahrheitsliebe hätten ihn gerettet. Barbarische Gesetzesparagraphen, tote Buchstaben gruben sein Grab.

Aber ihn kümmerte nichts mehr, ihm war, als ginge er sich selbst nichts mehr an. Er ließ sie schreiben, verhören, verhandeln, urteilen und fragte nichts darnach. Hatte er doch alles verloren. Das Leben war nichts mehr für ihn. Hätte man ihm die Freiheit geschenkt, dem Stolzen, Unbeugsamen, er wäre vermutlich von irgendeiner Klippe in den Strom gesprungen, sich zu ersäufen.

Das einzige, was Reinbacher noch am Herzen zu liegen schien, war Wendelins Los. Er erkundigte sich täglich darnach. Man sagte ihm, daß die Wunde seines treuen Gesellen, so gefährlich sie auch durch mangelhafte Pflege in der ersten Zeit geworden war, doch nicht das Leben bedrohe, und bald vernahm er, daß Wendelin der Heilung nahe sei. Nun begann die Sorge um das Schicksal, das ihn vor Gericht erwartete. Reinbacher hörte, daß die Richter auf Wendelins Jugend und seine exaltierte Liebe zu seinem Herrn Rücksicht nehmen würden, so daß ihm wahrscheinlich nur ein paar Jahre Kerker zugesprochen werden würden. Der Müller, als er dies hörte, zeigte zum ersten Male seit seiner Verhaftung ein etwas heiteres Gesicht.

An einem Tage im April wurde es auf Rehburg schon am frühen Morgen lebendig. Die Sonne war kaum aufgegangen, als sich bereits die Schöffen im Fronhofe einstellten. Sie waren mit ihrem Prozesse zu Ende gekommen; heute sollte dem Müller das Urteil publiziert werden. Man erwartete nur noch den kurfürstlichen Kommissarius, der zu der wichtigen Amtshandlung eigens von Hannover hergeschickt worden war.

Endlich kam er an, ein bejahrter Herr mit strengen Zügen, der von den versammelten Richtern mit großer Reverenz empfangen wurde.

»Ich wünsche Ihnen Glück, meine Herren«, begann der Kommissarius, als er die Treppe hinaufging, »daß Sie Ihre Arbeit so rasch beendet haben. Die kurfürstliche Regierung erkennt gar wohl die eigentümlichen Schwierigkeiten, die der Gerichtshof in diesem Prozesse zu überwinden hatte.«

»Der Prozeß des Müllers Reinbacher«, erwiderte einer der Ratsherren, »hat uns in der Tat vielfach in Atem gehalten. Man war um so mehr aufgefordert, die Sache genau zu untersuchen und nicht vorschnell abzusprechen, da sie eine ungewöhnliche und aufsehenerregende war und das Los des Mannes in vielen Klassen des Volkes eine sonderliche Teilnahme erweckte. Wir wurden fast täglich gefragt: Wie steht's? Was ist entschieden worden? – Die Meinung unter den der Gesetze Unkundigen war ebenso geteilt wie ursprünglich im Gerichtshofe, und allmählich erst hat sich eine einheitliche Ansicht darüber festgestellt.«

»Nach meiner Ansicht«, sprach der Regierungskommissarius, »ist die Sachlage klar. Nach dem Gesetze hat der Müller sein Leben verwirkt. Er hat damit angefangen, einen Malefikanten der verdienten Strafe zu entziehen, ihn erschlagen und, wie zum Hohne, an den Ort, wo er die Strafe erlitten, zurückgebracht. Sein Knecht hat darauf noch weit Ärgeres seinetwegen begonnen und einen wahren Kriegszustand herbeigeführt, wodurch wir mehrere Leute verloren haben. Der Müller, die Ursache der Rebellion, hat den Tod wohl verdient. Indes wissen wir, daß er vorher als unbescholtener Mann lebte; er hat an seinem Vermögen großen Verlust erfahren und an dem Aufruhr seiner Knechte keinen Teil genommen. Das Interesse für ihn ist groß. In Betracht alles dessen wird man ihm das freilich sehr schwere Urteil, wie es gefällt ist, kundtun; andererseits bin ich überzeugt, daß unser hoher Landesherr Gnade für Recht ergehen lassen wird.

Man wird dem Reinbacher die Gefängnishaft, den Verlust an Habe und seine Todesangst als genügende Strafe anrechnen und ihn auf dem Richtplatz pardonieren. So wird einerseits der Buchstabe des Gesetzes erfüllt, andererseits aber dem Urteile der Menge gewillfahrt, die sich des Mannes lebhaft erbarmt.«

Der gesamte Gerichtshof hatte diese Worte vernommen; das Wort des mächtigen und mit den Absichten des Landesfürsten vertrauten Mannes beruhigte und befriedigte, alle. Sie hatten nicht ohne manches Bedenken ihren Richterspruch gefällt und fühlten sich selbst von seiner Härte gedrückt.

Die sechs Schöffen nebst ihrem Vorsitzenden nahmen ihre Plätze im Halbkreise ein. Dem Regierungskommissarius war seitwärts ein Ehrensitz eingeräumt. Der Amtsschreiber vorn an seinem Tischlein ergriff seine Feder, und es war Ordre gegeben, den Müller vorzulassen. Er trat, von zwei Hellebardieren begleitet, ein und ward bedeutet, auf dem Bänkchen Platz zu nehmen.

Der Müller Reinbacher war während seiner Haft stark grau geworden, hatte aber von der Kraft und Würde seines Auftretens nichts verloren. Seine Augen gingen ruhig von einem Richter zum andern, ruhten eine Zeitlang auf dem ihm unbekannten Regierungskommissarius und blieben dann auf dem Gesichte des Vorsitzenden haften. In seinem braunen, festen, derben, wie aus Eichenholz geschnitzten Gesicht rührte sich keine Miene. In den Herzen des und jenes unter den Richtern, so trocken und verknöchert sie auch sein mochten, regte sich aber bei dem Anblicke des hart geprüften Mannes eine stille Teilnahme, und der und jener hätte ihm zurufen mögen:»Behalte Mut, Reinbacher! Erschrick nicht allzusehr über das, was dir verkündet wird! Es ist ein Spiel, um deinen störrischen, trotzigen Sinn zu brechen. Blicke nicht so, als ob dich die Welt, nichts mehr anginge – du wirst ihr wieder angehören.«

Der Vorsitzende entrollte ein Papier, erhob sich von seinem Platze und las inmitten eines feierlichen Schweigens folgendes Urteil:

»Weil Ihr, Inkulpat Joseph Reinbacher, durch höchst freventliche eigenmächtige Einmischung in die Pflege der Gerechtigkeit einen gerichteten Malefikanten der ihm zur wohlverdienten Ahndung und allen andern zum Exempel verhängten Todesstrafe zu entziehen Euch erfrecht, hierdurch Euch gegen göttliche und menschliche Ordnung auf das schwerste vergangen, indem Ihr auf solche Weise Euch gegen die hohe Obrigkeit rebellisch aufzulehnen gewagt; da Ihr hernachmals denselbigen Malefikanten, über den Euch kein Recht zustand, selber und eigenmächtig vom Leben zum Tode gebracht und gleichsam zum Schimpf und Hohn selbst wieder an seinen früheren Ort gehangen; da Ihr ferner, nachdem Euer Knecht Wendelin mit gewaltsamer Hand Euch befreit, mehrfacher, andauernder, freventlicher Rebellion Schuld und Ursache gewesen und deren Anführern, statt zu ihrer Inhaftnahme und Bestrafung die Hand zu bieten, selber zur Flucht behilflich gewesen: so, aus allen diesen Gründen, habt Ihr das Leben verwirkt, und es wird die verdiente Strafe des Todes durch den Strang an Euch vollzogen werden. Bereitet Euch zu Eurem letzten Stündlein, und der Himmel sei Eurer Seele gnädig.«

Der Vorsitzende war zu Ende. In Reinbachers Brust aber rief es wie mit einem gellenden Schrei: »Den Tod durch den Strang! Den Tod der Ehrlosen! Denselben Tod, den der Elende erlitt, der an allem Schuld hat! Nicht einmal den Tod durchs Richtschwert gönnen mir die Erbarmungslosen!«

»Habt Ihr«, fing der Vorsitzende, dem Gebrauche gemäß, wieder an, »noch ein letztes Wort an uns zu richten, so sei es Euch gegönnt.« – »Fasse Mut, Reinbacher, fasse Mut!« wollte der und jener ihm zurufen. »Es ist eine Prüfung deines harten, trotzigen Sinnes, bestehe sie, und du bist frei!« –

Der Reinbacher aber erhob sich, blickte im Kreise umher und begann also: »Wohledle, ehrenfeste und gestrenge Herren! Ihr habt mir den Spruch verkündet und mir gesagt«, seine Stimme stockte ein wenig, »welches schmähliche Ende mich erwartet. Erlaubt, daß ich Euch sage, wie ich die Sache ansehe. Wenn ich Euch gesagt haben werde, was meine Rechtfertigung vor mir selbst ist, werdet Ihr vielleicht mit Eurem Gewissen Zwiesprache halten; Euer Gewissen, das in einem absonderlich tiefen Schlummer liegen muß, wird vielleicht sogar ein wenig aufgerüttelt werden.

Zuvörderst wird mir vorgeworfen, daß ich mich freventlich in die Pflege der Gerechtigkeit gemischt und einen gerichteten Malefikanten der Todesstrafe entzogen habe. Ich frage Euer Gestrengen, wer, der auf dem Felde oder an der Straße ein verwundetes Tier, sei's nun ein Pferd oder einen Hund, gefunden, wird sich nicht dessen erbarmen? Wer suchte einen Ertrunkenen, so er ihn, von den Wellen ausgeworfen, am Ufer liegend bewußtlos träfe, nicht wieder zum Leben zu bringen, wenn er Leben an ihm gewahr würde? So bin ich durch Zufall auf den gerichteten Kornergeorg gestoßen und habe nur einer Pflicht als Christ wie als Mensch zu genügen geglaubt. Ihr meint, gestrenge Herren, ich hätte ihn Euch zurückbringen sollen. Aber er hatte ja seine Strafe ausgestanden, die man keinem zweimal gibt, das Urteil war an ihm vollzogen worden, und Ihr Herren kümmertet Euch nicht mehr um ihn. Ich wollte einen Menschen aus ihm machen. Es war eine Torheit, ich sehe es jetzt ein; aber solche Strafe verdient es wohl nicht, daß man die Menschen für besser gehalten, als sie sind. Als ich ihn niederschlug, weil sein Undank mich empörte, was hab' ich da getan? Ich habe da nicht nur mein Eigentum verteidigt, mit dem er sich davonmachen wollte, sondern auch mich meines Lebens gewehrt, da er, wie Ihr wisset, ein Messer im Gurte trug. Sollte ich warten, bis daß er sich aufs Pferd geschwungen habe, um mich über den Haufen zu reiten? Oder sollte ich ihn bitten, mir in die Stadt zu folgen und sich noch einmal hängen zu lassen? Auf das hin ergrifft Ihr mich, einen Mann, der in Ehren gelebt und Achtung genoß bei vielen Leuten, habt mich in einen Kerker getan, monatelang ohne Sonnenschein bei Wasser und Brot, und mich wie einen gemeinen Malefikanten behandelt. Um mich dem Lose zu entziehen, das mir zugedacht war und das alle, denen ein Herz im Busen schlug, als ein unbilliges und ungerechtes verdammten, hat mein lieber treuer Knecht Wendelin später seinen Arm erhoben. Er ist jetzt von Euch zum Verbrecher gestempelt und schmachtet im Verlies. Aber wisset, Ihr Herren, daß es Taten gibt, die Euresgleichen Verbrechen nennen und die doch Heldentaten sind und ein hohes, herrliches, das Herz erweiterndes Gefühl zum Ursprung haben! Solche Taten treten wie Engel mit einem feurigen Schwerte und flammenden Schilde in die kleinmütige, enge, herzensdürre Welt herein, schrecken die Bösen und erfüllen die Guten mit erhabener Freude. Empörung nennt man das, aber es ist glorreich, solch ein Empörer zu sein, den Tod nicht zu scheuen und im Bewußtsein des höheren Rechts, das mit uns ist, das Leben selbst für einen anderen zu wagen.«

Die Stimme Reinbachers hatte sich immer voller und mächtiger erhoben, zuletzt dröhnte sie wie ein Donner daher. Da er innehielt, wollte ihn der Vorsitzende unterbrechen, der und jener hätte ihn gerne gewarnt. Er aber sagte:»Lasset mich aussprechen, Herr, ja schreibt, wenn Ihr wollt, alles auf, was ich sage. Es möge nicht heißen, daß ich einen schändlichen Tod erlitten, ohne daß mir zuletzt ein Wort der Verteidigung gegönnt gewesen. Ich hebe von da an, wo ich aufgehört habe.

Als die Hand meines lieben Wendelin mich befreite, weigerte ich mich, meine Freiheit anzunehmen, und bat diejenigen, die mich umstanden, sich nicht so großer Gefahr auszusetzen und mein eigenes Unglück zu vergrößern. Aber alle Menschen handeln nicht immer so, wie es am klügsten wäre, um dem Schaden auszuweichen und ihr Leben zu wahren. Ihr Herren tut es vielleicht. Die Menge war erhitzt und wie berauscht und wollte meine mahnende Stimme nicht hören. Da erhielt ich einen Schuß in die Schulter, ich ward vor Blutverlust ohnmächtig und sah mich, als ich erwachte, wieder in meinem Hause. Nach Eurer Ansicht wäre es ziemlicher gewesen, wenn meine Knappen ihren verwundeten Herrn dem Gerichte ausgeliefert hätten; aber seht nur, die Burschen hätten das für eine Schandtat gehalten, ihr Gefühl sträubte sich dagegen, und den guten, törichten Burschen erschien der Kampf gegen die Gewalt als etwas Ausführbares. Sie wollten mir Zeit verschaffen, von meiner Wunde zu genesen und zu entfliehen; manche glaubten auch, sie könnten Euch mit bewaffneter Hand zum Frieden zwingen. Drei dieser Verblendeten habe ich gerettet, und wenn ich sehe, wie Ihr heute wider mich verfahrt, da kann ich mich nur freuen, daß ich sie Eurer Justiz entzogen. Wohl muß ein Gesetz sein in dieser Welt, von Menschen geschrieben, aber es darf dem Gesetze, das wir, wofern wir nicht ganz verdorben und verhärtet sind, lebendig in uns tragen, nicht zu grell widersprechen. Ihr wisset nichts davon. Ihr richtet nach dem toten Buchstaben, schreibt und schreibt und richtet endlich, ohne Herz, ohne Einsicht und ohne Gefühl des Menschlichen, so wie tote Maschinen. Glaubt, Ihr Herren, das wird nicht ewig so dauern. Eine Zeit wird kommen, wo man nicht mehr richten wird hinter düsteren Mauern, wo niemand zugegen ist als der Richter selbst, eine Zeit, wo man nicht mehr Geständnisse erpressen wird durch Qual der Tortur, eine Zeit, wo Leiter und Daumenschrauben nichts mehr gelten werden und das Rad nicht mehr sein wird! Da werden die Menschen richten nach dem Gesetze, das in ihren Gemütern lebendig lebt. Und nun, Ihr Herren, tut mit mir, was Ihr wollt. Ich, der durch Euch um alles gebracht wurde, erbitte mir nichts von Euch. Ich wünsche, daß jeder von Euch seiner Sterbestunde so ruhig entgegensehen möge wie ich der meinigen.«

Der Rede des Reinbachers folgte eine lange Pause. Nun wandte er sich kurz um und trat unter die Wachen.

Sein Schritt war kaum im Korridor verhallt, als der kurfürstliche Kommissarius sich zu dem Gerichtshofe wandte:

»Meine Herren, was sagen Sie dazu?«

»Ein entsetzlicher Mensch!« murmelte der Vorsitzende.

»An dem wahrlich«, sagte der Kommissarius, »wäre Gnade übel verschwendet. Es ist eine Wohltat fürs Allgemeine, wenn ein Mensch von solchen Grundsätzen umkommt. Man wird es bei dem gefällten Urteil belassen!«

Diese Ansicht des Regierungskommissarius fand allgemeine Billigung, und es war von diesem Augenblicke an von Begnadigung keine Rede mehr.

*

Reinbacher war in sein voriges Gefängnis zurückgebracht worden. Er setzte sich dort auf die Steinbank und blieb im Nachdenken verloren. Das Mittagsmahl, das der Kerkermeister ihm brachte, ließ er unberührt.

Da öffnete sich die Tür abermals, eine Gerichtsperson trat ein und kündigte ihm an, daß er sich morgen mit dem frühesten zu seinem letzten Gange bereit zu halten habe. Er nahm diese Eröffnung gefaßt entgegen und erbat sich nur als letzte Gunst vor seinem Ende ein Wiedersehen mit Wendelin aus. Dies Gesuch wurde ihm gewährt.

Eine Stunde später klirrte die Türe; Wendelin trat ein, und stumm fielen sich beide in die Arme. Beide weinten. Da sank Wendelin ins Knie, umschlang seinen Herrn inbrünstig mit beiden Armen und bat ihn um Verzeihung, daß er durch seinen Befreiungsversuch sein

Los verschlimmert habe, wie er denn überhaupt vom ersten Tage her an seinem Verhängnisse Schuld trage.

Der Müller, tief bewegt von so viel Liebe und Treue, bat ihn zu schweigen. Er rief den Gefängniswärter und trug ihm auf, eine Gerichtsperson zu holen, weil er sein Testament aufsetzen wolle.

Wendelin ward nicht müde, seinen Herrn zu sehen, seine Hände zu fassen und zu drücken, ihn zu beklagen, ihn zu beweinen. Er war der festen Hoffnung, daß die Herren vom obersten Gerichtshofe, ja der Landesherr selber, ein Einsehen haben und noch in der letzten Stunde das Urteil mildern würden. Daß er selbst seine Tat, wenn auch nicht mit dem Leben, doch mit vielen Jahren Kerker zu büßen haben werde, schien er vergessen zu haben und war nur lebendig für das fremde Leid.

Reinbacher hörte ihn kaum, seine Seele war fern und schwärmte in vergangenen Jahren und anderen Orten, aber er betrachtete wehmütig Wendelins Gesicht. »Armer Knabe«, sagte er endlich, »du sagtest einst: Was hängt, laß hängen! Laß die Gerechtigkeit – o welch ein Wort! – ihr Werk tun! Du gabst anderen Lehren und hieltest, Armer, sie selbst nicht! Warum ließest du das Gesetz nicht an mir vollenden? Dich brachte dein Herz zu Fall wie mich das meinige.« Er hielt inne, betrachtete lange die blassen abgehärmten, aber noch immer schönen Züge des jungen Menschen und sagte dann: »Warum soll ich dir's verhehlen? Warum schwieg ich so lange? Was schweig' ich noch jetzt, da dich deine eigene Tat mir so ähnlich macht? Wendelin, lieber Wendelin, mein Blut ist in deinen Adern, du bist mein Sohn!«

Da streckte Wendelin beide Hände vor, zaudernd, seinem alten Meister um den Hals zu fallen; dann sagte er tonlos, indes alle Züge seines Gesichts von unsäglicher Bewegung, einem Gemisch von Freude, Trauer und Schmerz sprachen: »Ihr, Meister, mein Vater?«

»Ja, dein Vater, Wendelin, dein alter Vater! Warum ließ eine törichte Scheu vor den Menschen mich schweigen, indes mein Herz so laut für dich sprach und dich so innig liebte? Ja, dein Vater bin ich! Komm her, komm an mein Herz!«

Die Nacht war da, sie verging in Gesprächen. Reinbacher erzählte Wendelin von seiner Mutter. Dieser hörte tief bewegt, bald erblassend, bald errötend zu.

Mit den herbeigerufenen Gerichtspersonen ward das Testament aufgesetzt, das Wendelin zum alleinigen Erben alles dessen ernannte, was der Müller noch besaß.

Der Morgen traf den Reinbacher wieder in seiner düsteren Fassung. Nach einem kurzen Rausche des Gefühls, der Erinnerung, der Hoffnung war er wieder der starrenden Wirklichkeit gegenüber erwacht. Sein eiserner Trotz gegen einen furchtbaren Weltlauf stand wieder aufrecht.

Man holte ihn zum letzten Gange ab – er war bereit. Auf dem Wagen ermahnte ihn der Geistliche zur Buße und sagte, er möge bedenken, daß er bald vor seinem Gotte Rechenschaft abzulegen haben werde. Der Müller, der den ganzen Weg hindurch stumm dagesessen und zu Boden geblickt hatte, antwortete: »Das ist nicht möglich, daß Gott von alledem was weiß. Er könnte es nicht zulassen.« Der Geistliche erschrak über diese Worte und machte alle Anstrengungen, ihn zur Reue zu bewegen. Reinbacher gab keine Antwort. Alles Drängen war vergebens.

Oben auf dem Galgenhügel, schon vom Henker angefaßt, sagte er zum Geistlichen, dessen eindringliche Vorstellungen noch immer nicht aufgehört hatten: »Laßt mich, hochwürdiger Herr! Der fühlt sich nicht schuldig, der so leicht sterben kann. Leicht ist mir, wenn ich denke, daß ich so schnell aus der Welt fortkomme, so schnell, gleich! Ich wüßte nicht, was ich noch im Leben, wenn ich jetzt frei wäre, anfangen sollte!«

Einige Minuten später hing der Müller Reinbacher an demselben Galgen, von dem er vor einem Jahre den Kornergeorg abgeschnitten hatte.

Das war das Ende eines starken, guten, redlichen Mannes.

Wendelin ward nach drei Jahren haftfrei und erbte die Mühle. Aber er starb frühe und kinderlos.

Über tredition

Eigenes Buch veröffentlichen

tredition wurde 2006 in Hamburg gegründet und hat seither mehrere tausend Buchtitel veröffentlicht. Autoren veröffentlichen in wenigen leichten Schritten gedruckte Bücher, e-Books und audio-Books. tredition hat das Ziel, die beste und fairste Veröffentlichungsmöglichkeit für Autoren zu bieten.

tredition wurde mit der Erkenntnis gegründet, dass nur etwa jedes 200. bei Verlagen eingereichte Manuskript veröffentlicht wird. Dabei hat jedes Buch seinen Markt, also seine Leser. tredition sorgt dafür, dass für jedes Buch die Leserschaft auch erreicht wird.

Im einzigartigen Literatur-Netzwerk von tredition bieten zahlreiche Literatur-Partner (das sind Lektoren, Übersetzer, Hörbuchsprecher und Illustratoren) ihre Dienstleistung an, um Manuskripte zu verbessern oder die Vielfalt zu erhöhen. Autoren vereinbaren direkt mit den Literatur-Partnern die Konditionen ihrer Zusammenarbeit und partizipieren gemeinsam am Erfolg des Buches.

Das gesamte Verlagsprogramm von tredition ist bei allen stationären Buchhandlungen und Online-Buchhändlern wie z. B. Amazon erhältlich. e-Books stehen bei den führenden Online-Portalen (z. B. iBookstore von Apple oder Kindle von Amazon) zum Verkauf.

Einfach leicht ein Buch veröffentlichen: **www.tredition.de**

Eigene Buchreihe oder eigenen Verlag gründen

Seit 2009 bietet tredition sein Verlagskonzept auch als sogenanntes "White-Label" an. Das bedeutet, dass andere Unternehmen, Institutionen und Personen risikofrei und unkompliziert selbst zum Herausgeber von Büchern und Buchreihen unter eigener Marke werden können. tredition übernimmt dabei das komplette Herstellungs- und Distributionsrisiko.

Zahlreiche Zeitschriften-, Zeitungs- und Buchverlage, Universitäten, Forschungseinrichtungen u.v.m. nutzen diese Dienstleistung von tredition, um unter eigener Marke ohne Risiko Bücher zu verlegen.

Alle Informationen im Internet: **www.tredition.de/fuer-verlage**

tredition wurde mit mehreren Innovationspreisen ausgezeichnet, u. a. mit dem Webfuture Award und dem Innovationspreis der Buch Digitale.

tredition ist Mitglied im Börsenverein des Deutschen Buchhandels.

Dieses Werk elektronisch lesen

Dieses Werk ist Teil der Gutenberg-DE Edition DVD. Diese enthält das komplette Archiv des Projekt Gutenberg-DE. Die DVD ist im Internet erhältlich auf **http://gutenbergshop.abc.de**

FSC
www.fsc.org
MIX
Papier | Fördert
gute Waldnutzung
FSC® C083411

Zeitfracht Medien GmbH
Ferdinand-Jühlke-Straße 7
99095 Erfurt, Deutschland
produktsicherheit@kolibri360.de